집어등이 밝은 이유

집어등이 밝은 이유

초판발행일 ｜ 2017년 12월 30일

지은이 ｜ 김임순
펴낸곳 ｜ 도서출판 황금알
펴낸이 ｜ 金永馥

주간 ｜ 김영탁
편집실장 ｜ 조경숙
인쇄제작 ｜ 칼라박스
주소 ｜ 03088 서울시 종로구 이화장2길 29-3, 104호(동승동)
물류센타(직송 · 반품) ｜ 100-272 서울시 중구 필동2가 124-6 1F
전화 ｜ 02) 2275-9171
팩스 ｜ 02) 2275-9172
이메일 ｜ tibet21@hanmail.net
홈페이지 ｜ http://goldegg21.com
출판등록 ｜ 2003년 03월 26일 (제300-2003-230호)

값은 뒤표지에 있습니다.

ISBN 979-11-86547-89-2-03810

집어등이 밝은 이유

김임순 수필집

황금알

작가의 말

두 번째 잡문雜文을 묶는다. 오래 묵혀 허접스럽고 곰팡내가 물씬 난다. 첫 번째마저 기형畸形을 출산하고서도 참, 염치도 좋다. 어미가 성글게 빗어 놓고서도 제 잘못은 모르고 자식 탓만 한다. 마치, 장애를 안고 태어난 것처럼 구석에 가둬두고 괄시와 천대를 했었다. 새삼스럽게 들춰서 묶어내 세상 밖으로 데리고 나온 연유가 무얼까. 굳이 변명을 하자면 이제, 나에게는 무작정 다산 多産을 하던 시절로 다시는 돌아갈 수 없을뿐더러, 열정을 불태울 만한 에너지도 없다.

수필도 제대로 쓰지 못하면서 소설로 무슨 말을 그리 많이 하고 싶었던지, 10여 년을 그쪽으로 외도를 하고 말았다. 일부는 개작을 하고 다소의 수정을 거쳤지만 여전히 절름발이다. 지금의 시대와 동떨어진 작품이 많을 것이다.

유비쿼터스ubiquitous 시대에 살고 있는 시대에 고릿적 봉놋방에서나 있었을 법한 허접스런 글을 내어놓았다. 이 글을 단 한 줄이라도 읽는 이들이여 부디 용서하시라! 한때는 그런 시절이 있었다는 것을……

아이가 자라면 입었던 옷은 작아지고, 어른들은 오래 묵은 친구처럼 편안한 옷을 찾게 된다. 과거 없는 현대는 있을 수 없고, 현재 없는 미래는 오지 않는다. 여기에 묶은 작품들이 구시대의 아날로그를 반영할 것이다.

작품 속에는 지방 신문에 기고한 칼럼과 동인지에 발표한 작품을 함께 묶었다. "그때는 틀리고, 지금은 맞다"라고 말했던 영화계의 어느 연인들처럼 여기에 묶은 작품은 "그때는 맞고 지금은 틀린다."라는 걸 밝힌다.

2017년 11월. 미리내창작실에서
김임순

차례

1부

2부

3부

4부

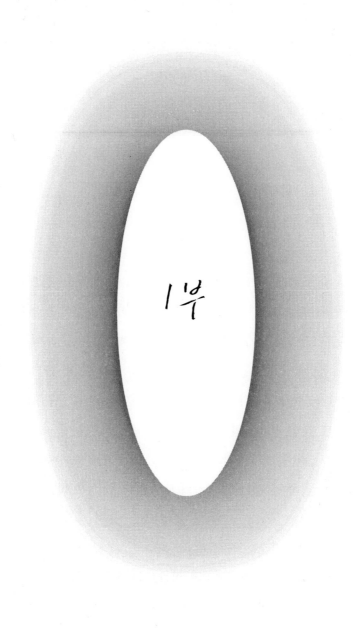
1부

가슴이 기억하는 것

종소리가 들린다. 내면의 살을 깎으며 밖으로 운다. 쇳물이 녹아 환생한 소리가 늑골마다 골골이 스며든다. 울림은 은파마냥 파문 지다 끝내 용오름으로 치오른다. 베토벤의 '운명'의 서막보다 웅장하다. 내 심장의 붉은 벽을 긁어내도 저런 소리가 날까.

몸은 연어가 회유하듯 관성으로 움직였다. 소리의 근원지가 어디일까. 낯선 거리를 향해 창문을 연다. 종탑이 한눈에 들어왔다. 21세기 들어 종지기는 강제퇴역 당한 노병의 신세로 전락하고 말았다. 인간이 만들었으나 인간의 두뇌를 능가하는 알파고가 대신하고 있었다.

'댕그랑댕그랑' 옥양목에 풀물들이듯 스며든다. 머리는 잊었어도 가슴만은 그 소리를 오롯이 기억하고 있었다. 과거로의 회로는 특히 더 그랬다. 아랫목이 절절 끓고 외풍이 없는 방안에서도 온몸에 냉기가 돌았다. 뺨을 얻어맞은 일이 없어도 자주 눈물이 났다. 그 기억들에 가슴은 사금파리에 베인 듯 따끔거린다.

종소리에 홀리듯 거리로 나선다. 바다는 결코 정물情物이 될 수 없었다. 종소리와 더불어 길을 트기 시작한다. 종소리가 도시를 일깨우고 사람들은 그 소리와 더불어 일상을 준비한다. 선박들이 밭이랑 내듯 물살을 가른다. 사통팔달로 뚫린 해상도로마다 선박이 드나들었다.

바다는 제 몸을 뒤척이며 몸살을 앓는다. 너울이 흰 띠로 결을 내면 파도는 생선비늘마냥 켜켜이 일어선다. 수면水面 아래 가라앉아 수면睡眠을 즐겼던 물고기들마저 부지런히 유영한다. 소문난 관광지답다. 앞서가는 곤돌라에서 누군가 멋지게 '산타루치아'를 부른다.

정오 무렵, 두 번째 듣는 종소리였다. 성당 주변으로 무수한 인파가 몰려들었다. 광장을 가득 메운 여행객들은 저마다 목을 꺾고 종탑을 올려다보았다. 조각된 모형이 종체鐘體를 맞잡고 있었다. 매 그 시간이면 경고음처럼 종소리가 울린단다. 가슴이 기억하는 건 자동장치에 의해 세상 밖으로 밀려났다.

예배당 종소리와 첫 닭이 동시에 울었다. 아니, 종소리가 먼저 울렸거나, 닭이 먼저 울었던지 정확한 기억은 없다. 그때쯤이면 이미 어부들은 새벽잠에서 깨어 있었다. 나이든 장로는 새벽 종소리로 사람들의 일상을 성가시게 재촉했다. 십자가 끝에 매달린 샛별이 유난히 밝았던 날, 골목마다 질질 장화 끄는 소리가 들렸다. 어제의 피로를 아직 털어내지 못한 듯하다. 종소리만큼 귀에 익숙했다. 아버지는 어장漁場에 나갈 채비를 서둘렀고, 어머니는 묵은 김치를 쑹덩쑹덩 썰어 넣고 국밥을 끓었다. 아랫목에서 고욤과 농주가 부글부글 괴고 있었다.

두 내외는 가난해서 안밖으로 울었다. 울면서도 황금 콤비를 이루었다. 아버지는 새벽 댓바람부터 어망작업에 매달렸다. 선주 몫을 떼어주고 남는 건 선원들이 짓 가림을 해왔다. 어머니는 그걸 머리에 이고 팔러 나갔다. 생물이 상할까 발걸음을 재바르게 놀렸다. 골목골목을 누비며 목청껏 생선을 사라며 외치고 다녔다.

길은 지난한 삶처럼 비포장도로였다. 차비가 아까워서 몇십 리를 걸어서 갔다. 돌부리에 채여 엄지발톱이 꺼멓게 변하도록 헤매다 보면 어느덧 해가 절반쯤 기울었다. 목소리는 반나절 만에 쉬어 쉿소리가 났다.

어머니는 떨이도 하지 못한 생선을 두고 저자거리에 앉았다. 그 골목엔 콜타르를 입힌 일본식 건물이 많았다. 뉴똥 공단으로 한복을 지어 입은 여자들이 게다짝을 끌고 나왔다. 그들은 코발트색 고등어 몸매를 손끝으로 되작거렸다. 어머니 손등엔 생선비늘이 진득하니 묻어 있었다. 햇빛을 받아 비단뱀 껍질처럼 번들거렸다. 그 손으로 비로도 치맛자락을 움켜 잡았으니……. 벌레가 붙은 양 털어냈다. 골목길 한 귀퉁이에 서있다 나는 그 모습을 기어이 보고 말았다.

살아서 가난했던 그 삶이 가련하고 애잔해 급체한 듯 가슴이 먹먹해진다. 비린내는 어디 아비의 작업복에서만 풍겼을까. 어미의 품속에선 더 지독한 단내가 났다. 부모는 자식을 위해서 용감하게 '루비콘 강'을 건넜던 시저였다.

입 가벼운 사내처럼 곤돌라가 몹시도 까불댄다. 물 위를 유람하고 나서야 이곳이 물의 도시 베니스라는 걸 실감했다. 종소리로 기억되는 건 가난했지만 행복했던 시절이었다. 남의 나라에 와서까지도 가슴은 그 모든 걸 고스란히 기억하고 있었다.

종소리의 여운이 사라진다. 그 소리와 더불어 평생을 살았던 아버지는 선소리꾼의 요령소리를 들으며 한 많은 인생의 막을 내렸다.

USA 우산을 쓴 동화

녹색등이 '깜박깜박' 윙크를 한다. 곧 점멸된다는 경고성 표시등이다. 무작정 뛰어가려던 아이들이 노란 깃발에 가로막힌다. 행여 다칠세라 노인이 손자를 챙기듯 등굣길에 나선 학생들을 보살펴준다. 지자체에서 일자리를 배려해준 정책의 일환이란다. 적은 금액이지만 용돈벌이도 되고 손자들 학용품도 사준다고 흐뭇해한다. 하회탈을 닮은 모습이 편해서 좋다. 횡단보도 앞에 선 모든 이들이 빨간 등을 쳐다보며 환하게 웃는다.

다시 무리를 지은 아이들이 적색등 앞에 오종종 모여든다. 아침 햇살만큼 상쾌한 얼굴들이다. 남의 집 애들이지만 마냥 예쁘게만 보인다. '재잘재잘' 동심은 신호등 앞에서도 이야기꽃을 피운다. 다시 파란불이 들어왔다. 아이들은 뛰거나 총총걸음으로 사라졌다. 신호등 앞에 나만 혼자 우두망찰 섰다.

신호등을 알리는 삼원색이 우리네 일생을 대변하는 듯 보인다.

푸른 신호등이 인생에서의 청춘시절이었다면 노란색은 나머지 삶을 잘 갈무리하라는 경고장으로 보인다. 눈 깜빡할 사이에 적색등이 곧 발등에 떨어질 태세다. 그때는 어떤 삶을 남겨 놓고 떠나야 할지…… 신호등이 몇 차례 바뀐 뒤에야 서둘러 횡단보도를 건넌다.

수업을 알리는 종소리가 운동장에 울려 퍼진다. 학교 앞 문방구엔 남학생 몇이 뽑기 놀이에 정신을 빼앗겼다. 종소리 따위는 안중에도 없다. 재수 좋으면 로봇을 낚아 올릴지도 모른다. 지나다니는 길목엔 예의 그 문방구 앞을 스친다. 때로는 쪼그리고 앉아 뽑기를 한다거나 게임에 빠진 아이들의 등 뒤에 서서 훈수를 둔다.

'그래그래, 잘한다. 이리로 막 밀어붙이란 말이야. 아니지, 저쪽으로 빠르게 끌고 가.' 낯선 사람의 생경스런 응원에 보답하듯 인형을 달아 올린다. 신바람이 난 듯 이번엔 설탕을 녹여 과자를 만드는 화덕 앞에 앉는다. '이 녀석아! 충치 생겨, 빨리 교실로 들어가.' 겁도 없이 남의 자식 훈계하다 봉변당하면 어쩌려고 잔소리까지 늘어놓는다.

그러거나 말거나 동심은 애달 복달 기계에 매달린다. 갈고리로 달아 올리는 인형뽑기처럼 나 또한 일필휘지一筆揮之로 멋진 글을 낚고 싶다. 머리를 쥐어짜지 않고 단번에 큰 획을 긋고 팔짱을 낀 채 자가당착에 빠지고 싶다.

오늘도 등교시간과 맞물려 집을 나선다. 예의 교무실 스피커에서 동요가 울려 퍼진다. 귀지를 후비며 들어도 분명 낯선 음절이다. 귀에 익고, 입에 담아서 수차례 부른 동요인데 생소한 느낌으로 다가온다, 마치 어느 낯선 외국 땅을 밟고 있는 것처럼……

"in the early drizzling molting

(인 더 얼리 드리즈링 모닝)

three umbrellas are walking side by side

(쓰리 엄브렐러스 아 워킹 사이드 바이 사이드)

red umbrella yellow umbrellaed a torn one

(레드 엄브렐러 옐로우 엄브렐러 앤드 어 톤 원)"

세월은 변하고 세계는 글로벌화되었다. 유창한 영어 실력만이 살아남는 길인가. 경쟁하듯 조기 유학에, 청년들은 어학연수에 매달린다. 원어민 강사를 둔 학원은 문전성시를 이룬단다. 영어 못하면 외계인 소리를 들을지도 모른다. 한복韓服을 차려입고 합죽선合竹扇을 부채질하는 늙은이일지언정 혀만은 유창하게 꼬아야 한다?

인구 절벽이라는 탄식이 쏟아진다. 고작해야 한둘, 아예 자식

을 두지 않으려는 청춘들도 허다하다. 부모들은 맞벌이 자식들을
위해 가사도우미 일까지 해야 한다. 손자들을 돌보려면 몸은 늙
어도 아는 게 많아야 한다. 때로는 동화구연가도 되고, 새로 출시
되는 게임 몇 개 정도는 꿰차고 있어야만 한다. 그래야만이 용돈
도 얻어 쓰고 늘어나는 수명壽命 탓에 괄시를 덜 받을지 모른다.
무식하다는 소리를 듣지 않으려면 지금이라도 영어를 배워야할
지, 말아야 할지, 걱정이 또 하나 늘어났다.

"이슬비 내리는 이른 아침에
우산 셋이 나란히 걸어갑니다.
빨간 우산 노란 우산 찢어진 우산"

좁다란 골목길에 우산을 받치고 가는 꼬마들의 모습이 눈앞에
어른거린다. 이제 그 때깔 좋았던 우산 행렬이 점점 사라져 간다.
아버지나 형들이 입었던 헌 옷가지를 뒤집어쓰고 댓살 부러진 비
닐우산을 받치고 등교하는 아이들은 이젠 없다.
  자취를 감춘 건 우산뿐만이 아니다. 고무줄놀이에 애창하던 동
요마저 시들하다. 등굣길은 승용차를 타고 어머니와 함께하고 영
어는 필수조항에 속한다.
  '퐁당퐁당 돌을 던지자.' 그 동요야말로 동심을 적셔주었던 오
아시스 아니었던가? 그런 정서적 감흥이 사라져 가는 게 못내 아

쉬운 아침이다.

봄나물을 뜯어와 여울목에 앉아 흙을 씻어 내리던 누나의 야윈 손등을 무엇으로 간질인단 말인가. 새삼 그 모습이 그리운 오늘, 모종비라도 내렸으면 좋겠다.

가무 歌舞

떡하니 굿 한판이 벌어졌다.

"양반은 냉수를 마시고도 이빨을 쑤신다!"

"에끼! 이 사람아! 그 무슨 무례한 행동인고? 삼수갑산三水甲山을 갈망정 양반 체면에 오두방정을 떨 수는 없는 노릇이 아닌가."

"앉아서 굶어 죽는 양반보다 실컷 먹고 죽은 초랭이로 살다가 뒤질란다. 그까짓 서푼어치도 안 되는 긴 수염이나 쓰다듬고 앉아 자식세끼 밥 굶기는 허세는 부려서 무엇하는고? 에라! 뒷집 삽살개나 물어 가버려라."

"하하하 호호호" 그것도 양반집 마당에서 벌어진 춤판이었다. 온갖 쌍스러운 소리로 양반을 비아냥대도 얼굴을 가렸으니 누군지 알 수 없었다. 조선시대는 양반과 천민은 하늘과 땅의 관계였다. 글줄을 읽지 않아도 양반마저 사고팔았으니 충분히 놀림거리가 되었다.

국보 제121호 하회탈은 그 계급사회의 모순된 점을 확연하게 나타내고 있었다. 놀이 문화의 일부분을 차지한 하회탈은 사실적 조형과 해학적 조형을 조합했다. 각 신분적 지위를 표현하여 그 특성에 합당한 관상까지도 지니게 만들었다. 얼굴은 좌우를 비대칭적으로 만들어 고정되지 않았고, 외형과 성격의 특성에 알맞은 표정을 짓도록 만들어졌다. 그래서 탈의 기능도 매우 뛰어났다.

하회탈은 지정된 우리의 문화적 유산이며 가면 미술 분야에서는 걸작으로 널리 평가받고 있다. 전해져 내려오는 그 유래는 천년의 역사를 간직하고 있을 뿐만 아니라, 조형미 또한 세계 제일이란 칭호를 받는다. 그중에서 대표적인 가면 미술의 극치라고 평을 받고 있는 게 양반탈이다.

특히 양반과 노비奴婢로 양분화되었던 계층 간의 뚜렷한 양상은 탈의 모양으로 가늠되었다. 공공연하게 암거래되었던 양반증서로 말미암아 조선 말기는 선비마저 권위가 추락하던 시대였다. 시대적 배경을 표현하여 허풍스러운 양반을 잘 묘사한 양반탈은 턱을 분리하여 끈을 매달아 놓았다. 고개를 젖히며 박장대소하는 표정이 되고 아래로 내리면 입을 꽉 다문 근엄한 모습으로 변한다. 턱을 분리시켜 인체의 턱 구조와 흡사한 기능을 갖게 했다. 말을 할 때 실제의 모습처럼 실감나게 느낄 수 있도록 제작된 건 다른 탈에서는 볼 수 없는 특징을 가졌다.

가령 탈을 쓴 광대가 웃기 위해 고개를 뒤로 젖히면 탈은 입이 크게 벌어지며 웃는 모습이 된다. 화를 낼 때에도 고개를 숙이면 윗입술과 아래턱 입술이 붙어 성난 표정이 된다. 이를 뒷받침하듯 광대가 웃으면 탈도 따라 웃고, 화를 내면 다르게 표현될 수도 있다는 것이다. 안면을 노출시키지 않고 각기 다르게 포장包裝되었으니 속이 불편해도 그 표현은 전혀 알지 못한다.

계급사회에서 남자들이 양반탈을 쓰고 무도를 즐겼다면, 각시탈은 규수들의 규방 문화로 간주하여도 무리가 아닐 듯싶다. 각시탈은 탈놀이에서 성황신의 대역으로 등장한다. 왼쪽으로 땋아 내린 머리채는 앞으로 내렸다. 오른쪽은 뒤로 빠진 것으로 보아 걸을 때에 얼굴의 움직임은 없고 머리채만 덜렁거리는 얌전한 형상으로 볼 수 있다. 대체로 조용하고 차분한 표정에 입을 꾹 다물고 있다. 귀머거리 삼 년, 벙어리 삼 년으로 살아야 했던 게 한 많은 여자의 일생이었다.

흔적이 사라진 떡다리 외, 두 개의 탈을 제외한 현존한 아홉 개의 탈을 쓰고 서로를 식별할 수 없도록 하였다. 양반과 노비라는 허울을 벗은 채 턱짓으로 즐겼던 가무歌舞 놀이문화야말로 인간사의 모든 희로애락喜怒愛樂을 다양하게 나타내었다. 그만큼 한민족의 정서적 취향의 놀이 문화라고 보아도 무관할 것 같다.

서양에서도 '가면무도회'라 하여 우리의 탈춤과 흡사한 유희가 있었다. 실화를 소재로 한 역사극의 "〈가면무도회〉는 스톡홀름에서 일어난 스웨덴 왕 구스타프 3세의 살인 사건을 소재로 한 작품이다. 구스타프 3세는 오페라하우스에서 열린 가면무도회에서 절친 요한 앙카스트롬 백작이 쏜 총에 맞아 죽는다. 대본가 안토니오 솜마Antonio Somma와 베르디는 이 역사적 사건을 바탕으로 왕의 죽음에 관해 러브스토리를 넣어 이야기를 만든다.

극적인 음악과 서정적인 음악이 잘 어우러진 〈가면무도회〉는 베르디의 중기 작품 중에서도 탄탄한 줄거리를 가진 작품이다. 비극적인 전체 분위기에 희극적인 요소가 가미되어 무거운 오페라의 감초 역할을 하는 것이 특징이다."

어쨌든 유구한 역사를 물려받은 작금의 세대들은 노래방에서 목청을 돋우며 가무를 즐긴다. 살기 어려운 세상에 그렇게 해서라도 쌓인 스트레스를 풀 수 있는 유일한 탈출구라고 입을 모은다.

경제 불황이 장기화되면서부터 신용 불량자가 늘어나고, 가계 부채로 말미암아 모진 목숨을 절개하는 사람들이 늘어간다. 가장家長 혼자 벌어서는 치솟는 물가에 아이들 교육비까지 감당하기 어렵게 되어 버렸다. 견디다 못한 각시탈마저 두 팔 걷고 거리로 나섰다. 하늘도 탄복할만한 헌신이 틀림없지만 간다는 곳이, 한다는 것이, 노래방이라는 게 조금 찝찝하다.

양반탈들의 춤판에 도우미로 등장하여 적당히 기분만 맞추어 주면 수월찮게 수익을 올린다고 한다. 쪼들리는 살림살이에 보탬이 되는 건 좋은데 여론의 질타가 그리 곱지만은 않다. 표적의 대상은 언제나 각시탈이 입방아에 오르기 마련이다.

　인간이 짐승과 다른 이유는 인격과 도덕을 갖추었기 때문이다. 동물과 구분한 그 규율을 이탈했을 때 인두겁을 뒤집어 섰다느니, 짐승만도 못한 사람이라고 흉을 본다. 알 게 모르게 속고 속이는 세상살이지만 해야 할 일과 하지 말아야 할 행동이 있는 법이다.

　인생 칠십. 일하는 시간, 먹는 시간, 잠자는 날 빼고 나면 시간은 그리 길지 않다. 하회탈처럼 웃고 살아도 못다 살고 가는 게 인생살이 아닌가. 마음이 따뜻한 사람끼리 만나서 즐기는 가무歌舞라면 진정 추임새를 올려주고 싶다.

바다로 가는 계단

묻이 쪼개져 섬을 되고 섬이 이어져 육지로 변했다. 어느 것이 먼저일까? 궁금해할 필요도 없다. 숲속 길을 내딛는 발끝은 이미 바다를 밟고 있었다. 굽어진 산비탈을 오르는 게 다소 버거워도 발걸음은 새털만큼 가볍다. 숲이 품어내는 상큼한 공기는 정신까지 말갛게 헹구어진다. 밤새도록 뒤척이게 만들었던 편두통은 이미 갯내가 씻어 가 버렸다.

나무 사이로 고즈넉이 외길이 나 있다. 발길이 잦지 않아 연인처럼 아껴왔건만, 달포 만에 산자락을 허물고 숙박시설이 들어섰다. 달콤한 밀회를 즐겼던 사람들의 웃음이 날아오르고 나는 흩어진 쓰레기를 주워담았다.

이만치쯤이 뭉개져 버린 옛길일까? 청솔가지 끝에 앉은 청설모의 재롱에 턱 괴고 앉는다. 달갑잖은 불청객을 헬끔거리면서도 두려워하는 기색은 전혀 없다. 문명에 묻어 온 온갖 소음에 이골이 났는지, 놀리듯이 꽁지깃만 까불댄다. 저렇게 그네타기 좋은 놀이터를 두고 공연히 아스팔트길에 내려와 차바퀴에 치여 객사客死한 어미의 처절한 주검을 알지 못한다.

'그래, 이 숲속에서 오래도록 살아라. 공기가 무척 좋지 않니? 뜀틀 잘 뛰는 노루 형도 있고, 달리기 선수인 토끼 언니도 있잖아. 온갖 새들의 지저귐은 또 어떻고? 외진 곳에 살아도 심심하지 않을 거야. 가끔 네가 생각나면 달려올게. 너는 배우가 되어라. 나는 관람객이 될게.'

앵콜encore 박수소리를 알아챘는지, 오르락내리락 신바람이 났다. 두 바퀴 재주를 넘으며 한껏 폼을 쟀다. 멀리뛰기를 하려던 참에 느닷없이 심술부리듯 산 꿩이 '푸드덕' 날아올랐다. 우린 누가 먼저랄 것도 없이 서로 화들짝 놀랐다. 방해꾼의 훼방에 청설모는 요술을 다 부려보지도 못하고 줄행랑을 쳐버렸고 나도 검불을 털고 일어선다.

가을 잔서리가 오롯이 내린 탓이다. 숲속이 깊어질수록 음습함이 밀려온다. 능선이 휘어지는 곳에서 잠시 휴식을 취한다.

산등성이에서 내려다본 바다 색깔이 오늘따라 유난히 쪽빛이다. 햇살을 받은 산비탈의 잡목들이 요란하게 단풍 옷을 갈아입었다. 바다를 베개 삼아 언덕바지에 누운 사람들이 나뭇잎과 함께 묵혀 가고 있다.

푸르렀던 생명들이 삭아지고 가을바람은 낙엽으로 오색의 조각 이불을 덮어주었다. 살아생전에 비단 이불을 덮었든, 무명 광

목천을 입고 살았든 무슨 소용이랴. 생은 유동流動이요, 주검은 부동不動인 것을……. 생生은 단지 흐르는 물살에 불과하다.

　인적 드문 이 산기슭에 묘지 밟는 날짐승이 손님이고 재잘대는 새들이 소리꾼이다. 망자亡者를 보내며 서럽게 울었던 사람들이 마지막으로 건네준 선물이 묘비 앞에 빛바랜 채 시들어가고 있다. 인생살이는 결국 광대의 놀음판이었던가. 아직 채 마르지 않은 무덤 앞에 십자가가 놓여있었다. 안토니오, 테레사…… 세례명을 부여 받고 또 다른 삶을 살다 간 그들도 한때는 나처럼 이 길을 허전하게 왕래했을까.

　바다로 내려가는 계단은 두 사람이 겨우 어깨를 틀어야만이 왕래가 가능하다. 어느 젊었던 날부터 돌계단을 만든 주인은 산을 개간하여 길을 만들었다. 웃돌 빼 아래 돌 괴고, 아래 돌 빼 웃돌 돋워 계단을 만들었다. 열정 없이는 결코 불가능했으리라. 척박한 산을 깎아내려 평지를 만들었다. 아내는 머리에 이고 나르고, 남편은 지게로 등짐을 져 나르고, 돌들을 깎고 쪼개 층층이 쌓아 올렸다. 놀음 삼아 헤아려 보았던 삼백예순 개쯤의 계단 위에는 그들의 청춘시절이 고스란히 스며있는 듯했다.

　봄에는 온갖 꽃들이 흐드러지게 피어나는 화원이 된다. 엊그제 그 길 위에는 붉고, 흰 동백꽃이 계단을 온통 덮고 있었다. 갖가지 나무들이 한데 어우러진 긴 꽃길 터널을 내려서면 돌계단은 그쯤에서 끝이 나고 바다가 펼쳐진다.

숲 끝나는 곳에 바다는 시작이다. 길게 뻗은 해안은 동그마한 돌들이 뻗어 있다. 억겁의 풍파를 견디며 계단을 쌓아 올린 주인을 닮았는지 모나지 않다.

"저 섬에서

그리운 것이

없어질 때까지

뜬눈으로 살자"

이생진 시인의 「무명도無名島」를 내 어찌 서럽게 읊조리지 않으리. 공고지*와 맞바로 한 내도** 섬을 안고 몽돌 밭에 앉았다. 섬에는 인적도 드물고 개 짖는 소리마저 들리지 않는다. 섬을 돌아온 파도만이 젖먹이처럼 품속에 와락 안긴다.

섬은 뭍이 쪼개져 외롭게 태어났다. 다도해의 어느 섬이 쪼개져 저기에 내려앉았을까. 섬에서 외롭게 살다간 사람들은 저 섬 꼭대기에 묻혔을까.

숭어가 날렵하게 튀어 오른다. 강태공이 유유자작 낚싯대를 드리울 만큼 바다는 고요하다. 신선의 모습이 운해 안개에 가려 너울 파도에 어른댄다. 잠시 정신이 몽롱했다. 숲에 취하고 갯내에 홀렸다. 이곳을 배경으로 삼았던 영화는 비록 흥행에 실패했지만, 종려나무가 아름다운 공고지의 풍광은 결코 잊을 수 없을 것이다.

* 공고지: 거제면 일운면 와현리 87
** 내도: 거제면 일운면 와현리

이별에 대한 단상斷想

모서리부터가 예사롭지 않았다. 수많은 베개 속에서 단연 군계일학群鷄一鶴이었다. 십자수 잘 놓는 처자處子 손에서 오색찬란한 봉황이 새겨진 채 탄생했다. 사모관대紗帽冠帶 씌고, 족두리 얹은 신혼부부의 첫날밤은 황홀했다. 서로 머리 맞대고 그걸 베고 나란히 누워 청실홍실로 행복을 엮고 밀어密語를 속삭였다. 한때는.

두 사람이 꾸던 꿈들은 몽환적인 허상, 또는 사시랑이같이 볼품없는 삶이어도 즐거운 아우성들로 넘쳐났다. 최소한.

부엌에는 청국장이 끓고, 아침 햇살은 찬연했다. 달이 뜨면 가슴 가득 양기를 받아 품었다. 건곤일척乾坤一擲이었다면 남편은 아내에게 먼저 생명의 잉태를 선물하는 일이었다. 나이든 아내 때문에. 불온한 언행을 삼가며 불미스러운 행동은 자제했다. 타인을 비판하지 말고 금연과 금주를 단행하고 양서를 읽고, 자신을 수양하여 머리를 말갛게 하고 그렇게 생명을 탄생시켰는지 알 수 없다. 전혀.

베개머리 언약으로 아이들이 태어나 걸음마를 내디뎠다. 하루를 살아도 만리장성을 쌓는다는 말, 허튼소리 아니다. 찰박찰박 양동이 물이 곧 넘칠 듯 티격태격 지지고 볶고 싸우고 살아도 절단나지 않은 걸로 보아 명언이 확실하다. 분명.

가장家長은 가족을 부양해야만 되는 막중한 책임을 어깨에 걸머메었다. 내 집 마련 한 칸을 위해 동분서주 뛰어야만 했다. 그러나 그는 맨땅을 향해 헤딩하는 꼴이었다. 조상 재물 탐낼 게 아니라지만 사는 게 힘이 들 때는 어디서든 공짜 돈이 좀 생겼으면 싶었다. 솔직히.

따분한 일상의 반복일지라도 한 치의 일탈도 허용되지 않았다. 무너져 내리는 눈꺼풀을 걷어 올리며 하루가 시작되었고, 처진 어깨를 추스르며 사글세방에 되돌아와도 봉황이 새겨진 베개만 껴안으면 쉽게 잠이 들었다. 곤하게.

참꽃이 피는 봄날이나 군밤이 탁탁 튀는 겨울밤은 권태로웠다. 사는 게 힘에 부쳐 아낙은 소리 없이 흐느낄 때가 많았다. 그런 날은 봉황의 날개에도 눈물이 스며들었다. 가난한 아낙의 눈물받이가 되어도 서로 행복했다. 그때는.

'목구멍이 포도청이라' 그는 회사 일로 상당히 스트레스를 받는 모양이었다. 아닌 말로 코가 삐뚤어지도록 술을 마시고 고주망태가 되어 돌아왔다. 아내가 정신이 혼미해져 가는 남편을 다독이며 베개를 내려주면 아내보다 더 자상한 어머니의 품속인 양 파고들었다. 개구쟁이처럼.

그렇다고 봉황이 새겨진 베개의 팔자가 좋은 날만 있은 것도 아니었다. 예상치 못한 부부 싸움이 벌어지면 무기가 되어 공중으로 날아다녔다. 두루뭉술한 체형이 만만했던지 남편의 발길에 걷어 채이고, 아내는 되받아 핑퐁게임을 했다. 봉황은 얼굴이 일그러지는 수난을 당할 줄 미처 몰랐다. 꿈에도.

이제 그렇게 팔팔하게 뛰어다니던 남자는 오십 줄에 들었다. 보물인 봉황 베개를 베고 누운 그의 흰머리가 애처롭게 늘어져 있다. '세상에나' 아내는 무릎베개를 해주고 족집게로 솎아내어 버린다. 삶과 청춘은 헝겊이 낡아 가듯 물이 빠지고 색이 바래져 후줄근하게 늙어 갔다. 서럽게.

오래도록 생사고락을 함께한 조강지처糟糠之妻를 떠나보내는 심정으로 나는 베개를 어루만진다. 남편이 유독 그 베개만을 고집하던 것과 이별을 하려니 감회가 새로웠다. 몸값으로 치자면 당연 권좌의 자리에 앉았어야 마땅하다. 허나, 가난한 집에 팔려 와서 극빈 대우 한 번 제대로 받지 못했다. 낡아서 삐걱대는 내 집 장롱에 죽은 듯이 구겨진 채 지내다 사위어져 버렸다. 오다가다 난장에서 헐값에 사온 겉옷만 몇 번 갈아 입혔을 뿐이다. 젠장.

궁색하던 우리들의 젊은 시절과 생사고락을 함께한 베개. 그는 참 많은 경험을 하고 생을 마감할 시기를 맞았다. 볼품없게 낡아서 등겨 가루가 풀풀 날렸다. 그와 함께한 주인의 머리카락도 술이 줄어들더니 어느덧 가뭄 탄 민둥산이 되어 버렸다. 베개도 주인을 닮았나 보다. 싸우면서 정든다더니.

남편은 더 이상 봉황 그림이 새겨진 베개를 베고 누워 이상을 향한 꿈을 꿀 호시절이 아니다. 그와 나는 지난날을 되돌아보며 이제 남은 생을 갈무리할 시기가 서서히 다가온다. 몸에 맞는 옷처럼 우리의 신혼시절과 함께한 베개에 시나브로 흠뻑 정이 들었나 보다. 이젠 쓸모가 없어 버리려하니 어째 뒷심이 자꾸 당긴다. '허허 참.'

철새는 날아가고

순천만 갈대밭에 선다. 여기만 오면 사이먼과 거펑클이 부른 〈철새는 날아가고El Conder Pasa〉가 생각난다. 그건 갈대가 주는 이미지 탓일 게다. 해질녘 소슬바람이 가슴을 헤집고 들면 그 쓸 쓸함은 더해진다. 계절에 의해 눈물을 가져다주는 노래의 고향은 페루이다. 남아메리카에서 유일하게 고대 문화유산을 간직한 잉 카문명의 발생지. 케추야족이 잉카 문화에 꽃을 피웠다. 전체 인 구의 절반이 인디오가 차지하며 잉카제국을 탄생시킨 소외된 제 국이었다.

페루에서 빼놓을 수 없는 첫 번째 명소는 수많은 봉우리와 가 파른 협곡으로 그 위용을 자랑하는 안데스 산맥을 들 수 있다. 마 추픽추와 콜롬비아 시대의 유적을 간직하고 있어 그 신비함과 웅 장함으로 많은 이들의 발길을 끌고 있다. 언젠가 꼭 한 번 한없이 가보고 싶은 곳이다.

전통악기 삼뽀냐 음은 11월과 12월 사이를 맴돈다. 그곳으로 여행을 한다면 꼭 그 악기를 하나 사오고 싶다. 그래서 마음 맞는 사람들과 순천만 갈대밭에서 멋진 하모니를 연출하고 싶다. 까맣게 그을린 피부로 맨발을 하고 삼뽀냐로 멋들어지게 El Conder Pasa를 연주하는 모습은 상상만 하여도 가슴이 뭉클해진다. 익숙지 못한 음절로 그 노래를 읊조리면 우수가 자욱이 피어오른다. 노랫말의 가락이 애절하여 매운 음식을 먹지 않아도 눈물이 난다.

얼핏, 어디선가에서 본 '새는 페루에 가서 죽다'란 카페가 생각났다. 진짜 그런 카페가 있는 지, 그건 알 수 없다. 만약에 있다면 그곳에도 한번 가보고 싶다.

그 카페에는 약간 나이 먹은 여인이 창밖을 내다보며 담배를 태우고 앉았다. 혼자 쓸쓸하게 술을 마시며 완행열차의 기적 소리를 듣는다. 술과 탁자와 음악까지 여인의 슬픈 몰골로 인하여 카페는 온통 슬픔에 빠져들 것 같다. 가을은 그녀에게 더 이상의 낭만을 가져다주지 못했다. 플랫 홈의 기적소리와 함께 첫사랑이 탄 열차는 아득하게 멀어졌다.

아직 한 번도 밟은 적이 없는 아니, 내 평생에 가 볼 수 없는 곳인지도 모른다. 그러나 왠지 페루는 그 이름만으로도 슬퍼 보인다. 황금의 나라 잉카제국, 하늘을 나는 콘도르, 인디오, 신비스런 공중도시 마추픽추 전등 또한 떠오른다. 그 모든 것들의 과거 속으로 들어가며 민중시인 네루다는 이렇게 소리치면 목이 메었다고 한다.

"돌 위에 돌, 그대는 어디에 있었나? 바람 속에 바람, 그대는 어디 있었나? 시간 속에 시간, 그대는 어디 있었나."

철새가 날아오는 계절에 '철새는 날아가고'를 듣는다. 가고 오는 것이 어디 계절뿐이랴! 존재가 있으면 사라짐이 따르는 법이다.

노랫말 중에 "거리street보다는 숲forest이 되고 싶다"라는 구절이 가슴에 닿는다. 어딘가에 숲이 되는 존재의 삶만큼 값진 게 어디 있을까? 수많은 생명들을 품는 순천만 갯벌이야말로 철새들의 보금자리 숲이 아닌가? 잉카 문화를 꽃피운 페루처럼 생태계를 보존하는 제국이 되었으면 좋겠다.

"과거를 따르면 쇠하고, 미래를 좇으면 흥한다!"라고 말하지만 자연과 인간의 공존은 필연적이지 않은가. 결국 파괴와 보존의 양자택일에 따라 후세들의 삶에 숲이 되거나, 아니면 회색건물 속에 벙커C 기름을 입힌 아스팔트길을 트게 될 것이다.

"난 차라리 길보다는 숲이 되렵니다.
그래요, 내가 할 수만 있으면
정말 꼭 그렇게 할 겁니다.
차라리 나의 발아래에 있는 흙을 느끼고 싶어요.
난 꼭 그렇게 할 겁니다. 음~음

철새는 날아가고"

우리가 겨울로 건너간다면 철새들은 우리 품으로 날아들 것
이다. 순천만 갈대밭은 일출보다 일몰이 더 아름답다. 놀빛과 갈
증 난 갈꽃에 실려 내 인생도 이쯤 되면 스산하게 갈바람이 분다.
군무群舞들의 비상飛上이 곧 시작될 낌새다. 저녁 바람이 차갑게
불어올 조짐이다. 가슴을 여미어야겠다.

사랑이 흐르던 풍경

급하게 내딛던 발길을 묶을 수밖에 없었다. P와 만나기로 한 시간은 이미 10여 분을 넘긴 뒤였다. 약속된 장소까지의 거리는 아직 몇 개의 정류소를 더 거쳐야만 한다. '코리안 타임이란 말도 있지 않나.' 설마하니 몇 분 늦었다고 절연하자는 경고장까지 내밀기야 하겠냐만, 약속에 있어서 저울 눈금만큼 정확한 P의 성격에 대처할 명분도 없으면서 느긋한 배짱마저 생겼다. 발등에 불이 떨어진다고 한들 조바심마저 뒷짐 지고 나앉는다.

금빛 도색을 한 중화요리점 입간판은 화려하다 못해 현란했다. 사이키 조명처럼 밝혀놓은 메뉴판은 음식 맛을 한결 돋보이게 만들었다. 라조육, 양장피, 깐부기, 탕수육…… . 지지고 볶는 음식 냄새가 환풍기를 통해 도시의 거리를 떠돈다. 그만하면 허기진 이들의 주머니 강탈은 시간문제다. 따뜻한 우동 국물에 술잔을 기울이며 샐러리맨들은 하루의 고단함과 피로를 씻어 내린다.

때 이른 시간인지 오고가는 발길들이 무심히 스쳐간다. 음식에 걸신들린 아낙처럼 유독 나만 혼자 그 앞에 서 있다. 팔보채는 가격이 좀 부담스럽다. 자장면을 먹어 본 게 언제였지? 이왕이면 사천 간자장이 좋겠다. 매콤한 짬뽕에 곁들인 고량주는 조금 독할 것 같다. 소식小食이 장수長壽의 비결이라는 기사를 보았을지언정 섣불리 어제 저녁을 굶는 게 아니었다. 입안에 군침이 돌고 허기가 위벽을 살살 긁는다.

그냥 눈요기나 실컷 하다 지나치려는데 한 발 앞서 가던 여자가 기어이 입간판 앞에 붙어 선다. 그도 구경만 하다 그냥 돌아가겠지. 이제나저제나 지켜봐도 영 떠날 낌새가 아니다. 오히려 손가락으로 메뉴판을 짚어 가며 "이건 너무 짜겠지? 이건, 또 어때? 엄마는 약간 구역질이 날 것 같아. 우리 아기는 먹고 싶다고? 그럼 그렇게 해야지. 우리 아기가 먹고 싶다는 데."

백주대낮에 비 맞은 나그네처럼 중얼대고 있었다. 눈여겨보아도 행색이 그다지 남루하지도 않았다. 젊은 새댁이 어쩌다가 저 지경이 되었을까. 오지랖 넓게 남의 일에 참견하려 다가선다.

주머니 속을 뒤진다. 지폐 두어 장이 손아귀에 잡혔다. 자장면한 그릇 사줄 만한 금액이었다. '무슨 요리가 먹고 싶으세요?' 그 말을 내뱉었으면 무안을 당할 뻔했다. 정면에서 바라본 그녀는 만삭의 임산부였다. 지남철이 쇠붙이를 끌어당기듯 발길을 재촉한 건 작은 생명이었다. 쭉정이처럼 말라버린 빈 자궁을 가진 늙은 여자의 비애를 새댁은 아직 모를 것이다.

아이를 가지면 여자는 천성天性까지 변한다더니 빈말이 아니었다. 식당 앞을 지나가다 뱃속에서 자라고 있는 아기가 먹고 싶다고 칭얼댄 모양이었다. 탯줄로 교감을 나누는 장면이 남의 일 같지 않았다.

나 역시 둘째를 가졌을 때 이미 경험한 일이었다. 평소에 거들떠보지도 않았던 족발을 보는 순간 입안에 군침이 돌았다. 혼자서는 식당을 들어설 용기가 없었다. 몇 시간을 문밖에서 서성대다 퇴근하는 남편의 손을 무작정 잡아끌고 들어갔다.

주인이 그득하게 족발을 담아 내왔다. '먹고 싶은 음식을 못 먹으면 아이 눈이 짝짝이가 된다.'며 남편을 부추겼다. 그 대화에는 별 관심이 없었다. 소맷자락을 걷어 올리고 접시 바닥이 드러날 때까지 먹어 치웠다. 사준 사람이 입을 다물지 못했다. 평생을 두고 웃어도 좋을 추억거리였다. 오늘 중국음식점 앞에 붙어선 임산부가 그때의 내 모습처럼 보였다.

임신 중에 엄마가 즐겨 먹었던 그 음식을 아이 또한 좋아한다는 말을 들은 기억이 있다. 첫째가 콩나물 된장찌개를 좋아하고, 족발을 좋아하는 작은 아이를 보면 그 영향을 받은 게 분명해 보인다.

머잖아 여자는 순산의 고통을 오지게 치를 것이다. 아이가 세상 밖으로 나오면 만나게 될 수많은 음식 중에 우리가, 그녀가,

마음 놓고 먹일 수 있는 게 것이 어느 정도 될까? 각가지 색상으로 눈을 현혹시키는 천연색이 아니면 어떠하리? 먹는 음식에 따라 사람의 성격이 형성될 수도 있다고 한다. 지나치게 동물적이거나 고집스럽게 식물적이어도 곤란하다.

자식에게 부모는 과연 어떤 존재일까. 한없이 퍼내어도 마르는 않는 샘. 원 없이 주어도 넘쳐나는 아가페 사랑. 아득바득 강요하지 않아도 평생을 자식에게 채무 변제하며 살아가는 무한 소유의 살신성인殺身成仁을 가졌다. 만삭의 그녀에게서 오늘 지고지순한 어머니의 사랑을 보았다. 세상의 모든 어머니가 그랬을 것이다.

터미널에서 쓴 시나리오

수많은 발길이 오고가는 터미널. 한갓진 모퉁이에 앉아 구두를 닦는 여인이 있다. 이곳에 올 적마다 유심히 바라보는 버릇이 생겼다. 여인의 일상은 사계四季가 따로 없다. 궂으나 맑으나 한결같이 도돌이표를 새긴다. 그녀를 향해 양복 차림의 남자가 손을 번쩍 들고 아는 체하며 걸어온다. 반갑다는 인사를 그렇게 하는가 보다. 실없는 농지거리가 건너왔는지 여자가 등짝을 후려친다. 만만하게 응수하는 걸로 보아 오래 묵은 단골인 듯싶다. 남자의 아내가 그 광경을 목격했다면 핀잔깨나 듣겠다. 얻어맞고도 싱글벙글, 슬리퍼를 끌고 사라진다. 그를 뒤로하고 비로소 여인의 작업이 시작된다.

애벌 솔질로 흙먼지를 털어 낸다. 가죽에도 손때를 묻혀야 고태미가 흐르는 것일까. 맨손으로 구두약을 칠한다. 오랜 세월을 두고 연마한 듯 손놀림이 재바르다. 몸에 밴 습관이려니…… 낯선 사내의 볼에 키스하듯 남의 신발에다 입술을 갖다 댄다. 입김을 쐬며 수건으로 오지게 문지른다. 구두가 그녀의 오랜 이력을 대변해주듯 멀리서 보아도 광이 난다. 화장기 없는 얼굴을 이리 저리 비추어 본다. 잘 닦아진 모양이다. 표정이 밝다.

한 아저씨가 가판대에서 일간지를 뽑아든다. 풋감을 씹으면 저런 표정이 나올까. 욕지기인지, 자괴감에서 오는 푸념인지, 한숨을 내쉰다. 기실 입으로조차 꺼내기 싫은 일들로 나라를 어지럽게 만들어 버렸으니……. 백년을 두고 맺은 관계라 할지언정 할 일과, 해서는 안 되는 일이 있다.

일찍이 가족들에게 '부귀는 누구나 탐내는 것이지만 도리에 맞게 얻는 것이 아니면 누려서는 안 된다. 빈천함은 누구나 싫어하는 것이지만 도리에 맞게 벗어나는 경우가 아니라면 그냥 감수해야 한다.' 한갓 여자로 인해 나라를 사단을 낸 president가 공자의 이인里仁편만이라도 제대로 교육시켰어도 자존심에 상처는 남기지 않았을 것이다.

처음부터 눈앞에 알짱대는 하얀 손길에 구두를 맡기는 게 아니었다. 길모퉁이에 앉아 뒤축 닳은 필부필부匹夫匹婦들의 신발을 닦아주는 여인의 손이 오늘따라 훨씬 아름답게 보인다.

잠시 뒤 신발 주인이 나타났다. 그는 잘 닦아진 구두를 신고 어깨를 으쓱한다. 약속이 있는지 종종걸음을 친다. 나는 승차할 시간이 조금 남았기에 그 모습을 포맷하여 가상 시나리오를 써 본다.

첫 장.

외판사원일까? 걸음걸이가 바쁜 걸 보아 고객의 호출을 받은 듯하다. 손 전화로 대화를 나누며 연신 고개를 끄덕댄다.

2 page.

어렵게 취직자리를 구한 새내기 청년의 첫 출근길이었으면 좋겠다. 나는 그가 '아프니까, 청춘이다.'라는 명언을 가슴에 새겼으면 싶다. 맞선을 보러 가는 농촌 청년이면 더더욱 좋겠다. 상대인 아가씨와 첫눈에 반해 백년가약을 맺기를 염원한다. 늦장가 들어도 틀니 끼운 노모께 차지게 효도하길 바란다.

내가 써내려가는 허접스런 시나리오에 등장하는 주인공이 어느 대학의 교수님 신분이어도 좋다. '선생은 있고, 스승은 없다'는 작금에 제자들이 존경하는 스승이라면 리포트를 꼼꼼하게 작성해올 것이다.

만약에, 완행버스 운전사라면 걸음이 굼뜬 노인일지라도 내 부모 모시듯 친절할 것 같다. 어쩜 이 모든 게 엇나간 채, 오대양 육대주를 누비는 마도로스라고 가정해 본다. 그의 아내는 모처럼 귀항한 남편을 위해 바지런히 청국장을 끓인다. 아이들은 환호성을 지르며 목을 끌어안고 재롱을 부리겠지. 입이 벙싯해진 그는 파이프를 물고 두둑하게 용돈을 나누어 주지 않을까. 여덟 살짜리가 세상에서 우리 아빠 최고!라고 추켜세우면 더욱 신바람 나게 일할 것을 믿어 의심치 않는다. 시나리오 속의 조연 같은 사람들이 많을수록 세상은 행복해질 것이다.

언젠가 베트남 여행길에서 만났던 아이들. one 달러를 외치며 끈질기게 발목을 잡았다. 하필이면 내가 신었던 신발은 하얀 운동화였다.

'Give me 초콜릿!'

어린 날의 초상이 오버랩되어 콧등이 찡했다. 슈샤인 보이 노래가 전파를 타고 전국으로 퍼져 나갔던 시절이었다. 우리 또한 그 어느 날에, 누군가의 발아래 쪼그리고 앉아 침을 발라 가며 구두를 닦았다.

불볕더위 속에 '군함도' 열기가 뜨겁다. 이 영화만큼은 가상시나리오가 아니기를 바란다.

벽을 쓰다듬으며

완벽한 차단이다. 단절과 소통이 양자택일 된다. 궁궐을 지키기 위한 전략적 거점은 성벽을 더 높이 쌓는 일이었다. 백성들을 동원하여 벽을 높이 올릴수록 임금의 마음은 평온해진다. 충신忠臣은 언제나 직설적이어서 싫었다. 눈앞에서 읍손하는 간신奸臣만이 자신을 지켜주는 유일한 방패막이라고 여겼다.

단절된 벽을 허물고자 임금에게 직언을 한 신하는 역적이 되어 유배지를 떠돌았다. 온갖 감언이설로 아첨한 자는 꽃가마 타고 벼슬길에 올랐다. 요동을 다녀온 신하의 위기감 조성에 인조 임금은 불안했다. 산성 중심의 방어체계를 구축하여 남한산성에서 오래도록 머물렀지만, 결국 삼배구고두三拜九叩頭의 치욕적인 삼전도의 굴욕을 당하게 되었다. 유구한 조선의 벽은 그렇게 허접스럽게 허물어졌다.

한민족은 본시 한 뿌리였거늘 만주 벌판을 달렸던 그 기상들은 어디로 갔을까. 조국의 허리를 휘감은 녹슨 철조망 위에 기러기

한 마리 앉았다 날아간다. 60년 세월을 두고 벽을 두른 철사는 붉은 눈물을 흘리고 있다. 날카로운 그 쇠붙이 위에 오늘도 실향민들의 희망이 걸린다. 이제는 선대의 그 판단 오류를 뒤집어엎을 때도 되었건만, 벽을 쉬이 허물지 않는다.

삼 대에 걸쳐 부자도 가난도 없다지만, 삼대 걸쳐 정권 대물림은 현재 진행형이다. 병색이 완연한 아비는 '나목'으로 돌아갈 채비하지 않고 콘크리트 벽으로 무장한 채 사십육 명의 고귀한 청년들을 겨냥했다.

단절의 벽을 허물어버린 동서독의 통일에 세계인들이 박수갈채를 보냈다. 붉은 담벼락은 인ㅅ의 장벽을 결코 막지 못했다. 허물어진 벽돌을 문화유산으로 간직한 그들처럼 언제쯤 실타래처럼 꼬인 벽이 허물어질까. 월드컵 축구는 4년 뒤 브라질에서 개최된다.

고가高價의 저택이 즐비한 골목에서 길을 잃어버렸다. 밤손님의 월담에 속았을까. 블록 담장 위에 유리조각이 촘촘히 꽂혀 있다. 그도 모자라 뾰쪽한 쇠꼬챙이에 가시 돋친 장미 덩굴까지 친친 감겼다. 외지인의 출입을 완벽하게 통제하다는 경고다. 찾아가는 지번이 그 부근이었지만 발길을 돌려 버렸다. 토담 너머로 농주를 마시던 노인들의 걸쭉한 육자배기 가락이 들리던 아슴아슴한 길이 아니었다. 구획정리로 형성된 주택들은 빈곤자에게 위압감을 주기에 충분했다.

재물이 많으면 마음이 불안한 건 사실이다. 나는 십만 원만 소지해도 가방을 품속에 껴안고 다닌다. 그러니 금괴와 보석, 달러 뭉치들을 금고에 쟁여 놓은 거부巨富들은 오죽이나 불안할까. 노략질을 막으려면 최대한 담장을 더 높이 쌓는 일이다. 대도大盜라도 날아다니는 재간이 없으면 유리조각이 박힌 담벼락을 타고 오르기는 쉽지 않다. 너무 살벌하여 마음에 옹벽을 치고 돌아섰다.

21세의 건축 공법은 아이디어로 승부한다. 아파트 숲으로 들어가는 입구부터 철저하게 통제된다. 일차 관문은 경비실이다. 들락거리는 사람들의 검색은 필수조항으로 문지기에게 소상하게 신분을 밝혀야 만이 출입이 가능하다. 보안검열이 까다로워 필부필부匹夫匹婦는 자식 집 방문하기조차 힘에 버거운 세상이 되어 버렸다.

어렵사리 통과 의례를 거쳐 사람 위에 사람 사는 대문 앞에 선다. 고개 넘어 또 고비를 만난다. 숫자판이 벽에 도르르 박혀 있다. 안과 밖의 의사소통 없이는 출입이 불가능하다. 누구의 도움 없이는 결단코 들어설 수 없는 영역이다. 학원 다녀오는 손자 녀석과 맞닥트리기라도 한다면 얼마나 좋을까. 고 녀석이 '할머니는 글자도 모르느냐'고 타박을 줘도 밉지 않다. 며느리 발뒤꿈치는 미워도 피붙이의 양쪽 볼은 쪽쪽 빨고 싶다.

끝내 촌부村婦는 고쟁이 속에서 핸드폰을 꺼낸다. 어미 걱정하여 아들이 목매기로 매달아 주었다. 노비奴婢도 아니건만 죄인이 된다. 갈고리 같은 손으로 2번을 꾹 누른다.

"어머님! 진작 오신다는 말씀을 하고 오시던가. 저, 지금 하프 라운드 중이거든요. 뚜우~~."

노인은 엇가리 김치를 경비실에다 맡기고 돌아선다. 용돈 부피는 무거울지언정 마음은 허공을 떠돈다. 하늘을 향한 고딕 건물이 너무 높아서 내 아들집이라도 마음대로 드나들지 못한다. 삭막한 인간 장벽의 비애를 느끼며 우리는 아이 티 강국임을 자랑한다.

벽을 높이 올린다고 해서 좋은 것만 아니다. 그렇다고 마구잡이로 허물어 버리는 것도 옳지 않다고 생각한다. 학교 벽을 허물었다가 나영이 같은 아이들이 피해를 당하는 일은 없어야만 한다.

현대의 남자들은 고행길을 걷는다고 투덜댄다. 여자의 행복은 남편의 능력과 직결된다는 인격 모독 발언은 견딜 수 있지만, 사교육비 부담에 순산마저 거부하는 현실이 등짐을 너무 무겁게 만든다.

부모님께 효자, 아내에겐 자상한 남편, 아이들에겐 친구 같은 아버지가 되어야만 한다. 그 모든 것을 충족시켜주지 못한 가장家長은 가정에서조차 철옹성 같은 벽과 마주하게 된다.

"저것은 넘을 수 없는 벽이라고 고개를 떨어뜨리고 있을 때/ 담쟁이 잎 하나는/ 담쟁이 잎 수천 개를 이끌고/ 결국 그 벽을 넘는다."

노인은 출입문 벽을 쓰다듬으며 뒤돌아선다.

가상 유언장

먼저 딸에게 부탁한다. 엄마가 죽었다고 너무 애통해 하지 마라. 나 없으면 너희 남매가 외로워서 그렇지, 엄마는 하나도 적적하지 않다. 이미 먼저 가 있는 외가댁 식구들이 나를 반갑게 맞아 줄 것이니, 거기서 오순도순 재미나게 살 것이다.

엄마는 이날 입때까지 내 손수 돈을 벌어 본 적이 없다. 든든한 네 아버지 그늘에서 평생 밥 잘 얻어먹고 살았다. 다른 사람들은 능력이 있어서 자식에게 전답에 저택을 물려 주더라만, 게으른 네 어미는 할 말이 없다.

여자가 속이 알차지 못하면 겉멋이라도 있든지, 그걸 몰랐으니 값비싼 보석을 유품으로 남기지 못하는 게 참으로 미안하구나. 그러나 어쩌겠니? 반지를 끼면 설거지하는 데 불편하고, 목걸이를 걸며 마치 어딘가에 목이 매여 사는 것 같아서 그게 싫었다. 그러다 보니 너에게 물려 줄 것이 딱 하나 있네. 할머니가 건강식품 홍보센터에서 한 알씩 얻어 다 엄마에게 준 가짜 진주목걸이

뿐이네. 그것만이라도 놓고 가거든 대물림한 흔적인 줄 알고 소중하게 간직하려무나.

나 없다고 괜히 슬퍼하지도 말고, 또한 잔소리 늘어놓는 노인네 없다고 좋아하지도 마라. 굳이 무덤 세우려고 애쓰지도 말아라. 공연히 세월 가면 잦아질걸. 손자들 고생시킬 필요 없다.

내 영혼이 육체와 별리한 지 3일째 되는 날, 유골을 곱게 찧어서 내가 내 어머니 뼈를 뿌린 산야에다 이 어미 것도 뿌려주려무나. 형제라 해야 둘밖에 없으니 동생을 잘 다독거려주고. 장가들거든 올케 될 아이와 사이좋게 지내려무나. 내 기제忌祭가 돌아오거든 너무 힘들게 음식 장만하지 마라. 평소에 어미가 좋아하던 떡 두어 접시 올렸다가 내 영혼이 시음하고 가거든 너희들끼리 맛나게 나누어 먹어라.

일평생 살아오면서 밥도 나오지 않고, 그렇다고 돈이 되는 것도 아닌 문학이란 것에 미쳐서 가정을 빈곤에 빠지게 만든 유죄를 무엇으로 변상할까. 그러나 후회는 없다. 힘들게 일하는 남편을 도와 주지 못한 게 미안할 뿐, 일생 동안 내 하고 싶었던 글 쓰는 일 원 없이, 했고 그 바닥에서 재미있게 놀다 간다. 하찮은 글로서 문단의 말석에 앉았을지언정 문인文人 흉내를 내어본 것만으로도 감개무량하였다.

생전에 못다 이룬 꿈이 너무 많아서 너만이라도 이름 있는 작가로 만들고 싶었는데, 굳이 싫다고 고집을 피웠으니 꺾을 수가 없었다. 지금 생각하면 피를 말리는 고통스런 일을 시키지 않은 게 천만다행인 것 같다.

사람은 육신에 생긴 병도 걱정이지만 정신적 빈곤 상태도 무시하지 못한다. 육체에 병이 생긴 이들을 간호해주면서 너의 잠재의식 속에 뿌리내려 있는 문학의 기질을 발휘하여 모든 환자를 평화롭게 치료해 주는 의료인이 되어라.

어미가 물려줄 재산은 없어도 마음에 양식이 되는 책이나마 남겨두고 갈게. 그 속에는 삶의 지혜들이 숱하게 담겨 있으니 어미의 체온을 느끼며 찬찬히 읽어보아라.

그러다 문득 삶이 힘들고 엄마가 그립거든 바다를 보러 가거라. 어쩌면 엄마의 영혼도 생전에 헤매고 다니던 바닷가를 거닐고 있을지 모른다. 거기서 '엄마' 하고 한 번만 불러 보아라. 딸의 목소리가 들리면 새가 되어 날아올게.

안녕! 잘 살아라.

아들아!

내가 가장 삶에 보람을 느꼈던 게 아들이 있어 살아가는 의미가 있었던 것 같다. 약골로 태어나 어미의 애간장을 뜯게 만들었던 아들이 늠름한 장교가 될 줄은 내 미처 몰랐다. 그 강인한 군인 정신을 기백으로 엄마가 없어도 잘 살아가리라 믿는다. 형제라 해야 어디 많니? 누나와 너뿐이잖니. 우애 있게 잘 지내주었으면 좋겠다. 아빠 보니 형제가 여럿이면 뭐하니. 부모 연줄로 엮어진 사이라도 데면데면 지내다 보니 밥은 먹고 사는지, 죽도 못 끓이는지, 전혀 관심 밖으로 살잖니. 아들은 현명하여 누나의 말에 잘 따를 것이며 나의 며느리가 될 아이에게도 누나가 잘 대해 줄 거야. 엄마는 딸을 잘 안다. 마음이 몹시 여리다는 것을…….

아들아!

엄마가 살다 보니 부모가 재산이 없고 너무 가난하여도 힘들더라. 천륜으로 엮어진 부모 자식 사이를 금전으로 환산하는 건 금수禽獸만도 못한 짓이지만, 그 인연의 정겨움도 돈이 있어야 더 좋은 관계로 발전되고 효도도 할 수 있겠더라. 내 비록 물려 줄 돈은 없지만 돌石은 남겨 놓고 갈게. 추후에 관리하기가 힘들면 수석 박물관이 생기거든 그곳에 기증을 하여라. 엄마가 젊었던 날을 고뇌하며 바닷가를 배회한 흔적들을 그 돌에 따뜻하게 묻혀 놓았다. 엄마가 보고 싶고 그리울 때 사랑하는 눈으로 바라보아라.

엄마가 아들 나이었을 적에 가난이란 견디기 힘든 고통이었다. 끈기 있게 인내하며 부지런히 일하는 모습은 아빠를 닮아주었으면 좋겠다. 그래도 한 가정에는 가장家長이 버팀목처럼 든든해야 평화롭지 않겠니?

반풍수 집안 망한다고 한창 일할 나이 때부터 문학에 정신을 빼앗기고 열 손 놓고 백수건달 노릇한 어미를 부디 흉은 잡지 말게. 그래도 아빠가 유일하게 엄마 명의로 된 작은 공간을 만들어 주었잖아. 속없는 그 양반 마누라가 무어 그리 큰일을 한다고 채무까지 부담하고시는…… 그걸 유산으로 남기고 갈게.

아들이 희망하는 대로 대학교수가 되거든 제자들과 함께 와서 짬짬이 머리를 식히고 가려무나. 손자들이 할머니의 흔적이 남은 공간에서 미래의 꿈을 키워 나갔으면 좋겠다.

그 아이들이 잘 자라도록 환경을 파괴하지 않는 화학 물질을 개발하여 후세들이 마음 놓고 살아갈 수 있게 자연을 보호하는 연구에 몰두하길 바란다.

나 숨 끊어지거든 머리맡에 두고 가는 조그마한 상자를 열어 보렴. 너와 내가 이승에서 부모 자식 사이로 맺어진 인연의 증표인 아들의 배꼽이 들어 있을 거야. 그 탯줄에다 사랑을 담았던 엄마의 정을 오래도록 잊지 않고 기억해 주었으면 좋겠다.

사랑했다. 그리고 너희들이 내게 있었기에 삶이 행복했었다.

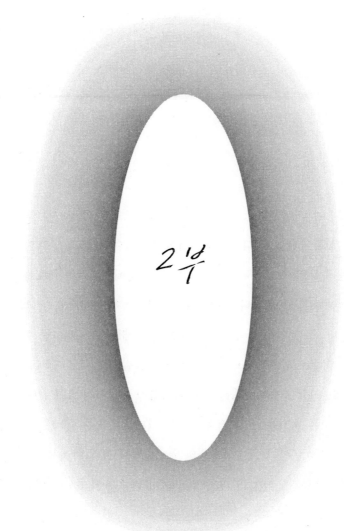

집어등이 밝은 이유

선창이 대낮 같다. 밤의 근접을 집어등이 지켰고, 등대는 날물과 들물의 유속을 관찰하고 섰다. 해로海路를 비추는 불빛을 따라 선박들이 들고 난다. 해무海霧가 걷히고 바다는 홍안紅顔으로 물든다. 등대가 숙면熟眠에 들고나면 뭍은 재빨리 기상起床을 한다.

항내港內는 어구漁具를 갈무리하는 손길들로 분주해진다. 하릴없는 삽살개가 비린내를 따라 한가롭게 선창가를 오고 간다.

"모든 순간은 생애 단 한 번의 시간이며, 모든 만남은 생애 단 한 번의 인연"인 듯, 선박들의 입·출항이 등대 아래서 찰나처럼 스쳐 간다. 만삭滿朔의 임산부처럼 어창魚艙을 채우고 들어와 해산解産 후 가볍게 떠나간다.

바다는 등댓불의 지시에 따라 제 몸을 쪼개 선박의 항로를 열어준다. 파도가 환영하듯 켜켜이 일어선다. 숨은여가 민낯을 살짝살짝 드러내며 배웅을 한다. 뱃고동소리가 플랫폼의 기적소리만큼 애절하게 들린다.

만남과 이별이 썰물과 밀물로 교차되는 선창. 집어등 아래로 어부들이 삼삼오오 모여든다. 살갑게 나누는 인사말이 등 푸른 생선마냥 툭툭 튀어 오른다. 선술집에서 주모와의 하룻밤 사랑도 꽤나 즐거웠다고 너스레를 떤다. 넉살과 익살이 입담에 녹아난다. 빤한 거짓말인 줄 알면서도 모른 척 속아 준다.

그들은 지난밤의 여정餘醒을 그런 재미로 깨우는가 보다. 입에 밴 농지거리가 오가도 추접스럽게 들리지 않는다. 농담들이 에너지원을 제공하고 활력소가 되어 팔뚝은 근육질로 단단하게 다져진다. 비린내 풍기는 선창은 걸쭉한 농주農酒맛이 나서 좋다. 어부들이 있기에 어촌의 풍경은 한층 정겹다.

누군가를 부르는 거친 말소리. 경매인의 호각소리. 구령 맞추어 합창하는 멸치털이 노동요 소리가 우렁차다. 길고 짧은 뱃고동소리가 분주함을 더 보탠다. 온갖 소리의 뒤섞임으로 항구는 완연한 제 모습을 갖춘다.

산다는 게, 살아간다는 것이 때론 엇박자가 날 때도 있다. 꼬이고 뒤틀리고, 언턱거리에 심해深海가 나타나기도 한다. 인내는 비로소 바다를 닮았을 적에 생의 깊이를 가늠하게 만든다. 달고 쓴, 인생살이도 예기치 못한 너울 파도를 만나면서 부대끼며 살아간다.

화려한 게 결코 좋은 것만 아니다. 불빛에 홀린 생선은 미끼도 없는 훌치기 바늘을 덥석 물어버린다. 갈치는 몸부림을 치고, 오징어는 먹물을 토해낸다. 유혹의 통발이 바닷속에만 있으랴. 뭍에서도 곳곳이 지뢰밭이다.

어판장魚板場이 분주해지기 시작한다. 쌍끌이기선저인망, 오징어 채낚기, 장어통발 어선들이 연이어 항구에 닻을 내린다. 물 칸마다 채워진 생선들이 경매에 붙여진다.

"에~ 도다리, 광어, 잡어~."

경매인의 손바닥은 팔랑개비요, 입술은 바퀴 달린 자동차다. 생선값이 그 손가락에서 매겨진다. 경쟁자들의 눈빛이 쏠감팽이 가시처럼 매섭다. 선주船主는 선원들의 노고를 그 누구보다 잘 간파하고 있다. 간조를 후하게 쳐주려면 어가漁價의 흥정을 잘해야만 한다. 그래서 입술이 마르고 애가 탄다.

함성이 터지고 낙찰받은 생선들이 전국으로 유랑을 떠난다. 저자거리에서 좌판을 펼친 끝순 할머니도 고등어 한 상자를 배당받았다. 앞니가 없어도 잘 웃는다. 손자 학용품값이라도 보태준다는 말에 나는 늘 치맛자락을 잡히고 만다.

팔려나가는 생선이 꿈꾸는 곳은 어디일까.

아내는 일터에서 돌아온 남편과 공부에 지친 아이들을 위해 저녁 밥상을 준비한다. 알맞게 구워진 생선가시를 발라주며 웃음꽃을 피운다. 그런 행복한 가정에 초대받아 의미 있는 삶을 마치는 것이리라. 그 꿈은 깊은 바다에서 치어稚魚 때부터 간직하고 있었을 것이다.

오늘은 게릴라 작전하듯 해무海霧가 엄습해 온다. 집어등이 안개 속에 파묻혀 가물거린다. 등대마저 출항금지 경고를 내린다. 한 번 나가면 족히 보름은 바다에서 생활을 해야만 하는 선원들은 소주잔을 기울이며 안개가 걷히기를 기다린다.

여기 또 다른 꿈의 소리가 선창을 울리고 있다.

"도 마니 버러야 해!"

모음 탈락한 우리말이 들린다. 필리핀 선원인 '짜이롱 민' 씨와 베트남 선원인 응이앙 안씨. 언젠가부터 선창에는 외국 선원들을 어렵잖게 볼 수 있다. 해동호, 순풍 12호. 나는 그들이 승선하고 있는 선박을 정확하게 기억한다. 왜소한 체구에 까무잡잡한 피부, 언어가 다르고 생활습관이 다르다. 힘든 뱃일을 마다하는 우리나라 청년들을 대신하고 있다. 일이 서툴러 무시를 당해도 말 잘 듣는 아이처럼 순진하다. 우리네 연근해 해역의 역사를 이방인이 대신 써내려가고 있다.

그들은 '먼나먼 쏭바강'을 건너와 이국땅 낯선 항구에서 닻을 내렸다. 밤이 되면 꿈을 꿀 자리를 찾아 고단한 육신을 뉜다. 허름한 모텔에서 쪽잠을 자거나, 비린내 풍기는 선실에 누워서 생애 가장 값진 꿈을 꾼다. 정말 돈을 많이 벌어 고향으로 돌아가고 싶어 한다. 가난한 부모님께 집을 마련해주고, 사랑하는 아내와 아이들과 오순도순 살고 싶은 게 그들이 바다에서 꿈꾸는 희망일 것이다.

그 꿈은 지극히 보편적이다. 그들처럼 내 아비와 오라버니들 또한 사모아기지로, 혹은 라스팔마스로 떠나갔다. 오랜 시간 동안 바다 위를 외로운 방랑자처럼 떠돌았다. 개인의 꿈보다 가족의 생계를 책임져야만 했기에 고되고 힘든 뱃일을 마다하지 않았다. 때로는 주검이 되어 돌아오거나 이국땅에 묻히기도 한다.

내 오라비가 그랬다. 가난이 원죄冤罪가 되어 청운靑雲의 꿈을 바다에서 펼쳤다. 아버지는 두 아들이 보내오는 돈으로 천수답을 마련하고, 적산敵産을 개간했다. 그해 가을, 처음으로 우리 집 마당에 뒤주가 생겼다. 그게 오라비가 부모에게 효도한 마지막 선물이었다. 그리고는 영영 항구로 돌아오지 못했다.

때로는 널뛰는 파도에 시달려 선원들은 머리가 어지럽고 다리가 후들거린다. 소주 한잔을 털어 넣고 뒤집힌 속을 가라 앉힌다. 얼음에 채워진 생선 궤짝의 입고入庫가 끝나면, 갑판에 올라와 잠시 허리를 곧춘다.

담배 한 개비 피워 물고 허공을 향해 연기 도넛을 굽는다. 팔랑팔랑 넘어가는 파도의 책갈피. 첫 페이지에 첫 줄에 첫사랑 얼굴이 떠오른다. 그러다 이내 고개를 흔들고 고생하는 아내를 떠올린다. 아이들은 학교에 잘 다니고 있는지, 부모님은 건강하신지, 모든 게 걱정이 된다. 가족이 있어 고된 노동에도 쉬이 지치지 않는다. 돌아가며 반갑게 맞아줄 식구들이 있어서 언제나 힘이 난다.

선박들이 줄지어 항구로 들어선다. 서낭대에 매달린 만선의 깃발이 휘장揮帳처럼 펄럭인다. 선창에 가면 모든 게 생물生物로 넘쳐나서 좋다. 삶이 힘들어도 활력소가 넘치고 에너지가 충전된다. 그곳은 나의 안태安胎를 묻은 곳이기 때문이다. 오늘도 나그네처럼 발길이 또 그리로 향한다. 등댓불이 점멸되고 바다가 기침起寢을 한다.

족쇄 풀린 남자

터미널에서 낯선 여자와 눈이 마주쳤다. 임산부만큼 불거진 배낭을 등에 걸머메고 있었다. 한눈에 보아도 산행길에 나선 듯했다. 조금 늦어지는 친구를 기다리며 먼저 말을 건넸다.

"등산 가십니까?"

"예"

"어느 곳으로 가시는지요?"

"지리산요."

"어머나! 좋은 데 가시네요. 그 산이야말로 사계四季를 두고 사람들의 발길을 끌어당기게 만들잖아요. 뿐만 아니라, 우리 역사상에 가장 애절한 비극이 서려 있는 곳이기에 그 의미 또한 상당하구요. 빨치산으로 말할 것 같으면……."

타고난 성격에도 없는 그런 수다스러움이 어디에서 나왔는지. 내 안의 또 다른 화자에 깜짝 놀랐다. 그건 아마도 언젠가 미완으로 끝나버린 그 산의 등정에 미련이 있었는지도 모른다.

"바깥양반이 엊그제 정년퇴직을 했거든요."

"네에……."

화장실을 다녀온 그녀의 남편이 생뚱맞다는 듯 쳐다보았다. 안면 튼 적 없지만 목례할 틈도 주지 않았다. 아내의 손목을 잡아끌고는 흘끗 뒤돌아보며 개찰구로 들어 가 버렸다. 무춤했지만 인생에 가을을 맞은 부부의 모습이 왠지 좋아 보였다.

이미 사라진 그들의 등 뒤에 대고 지금이 가장 행복한 때라고 말해주고 싶었다. 머잖아 남자의 어깨는 아래로만 내려갈 것이다. 시간이 흐를수록 퇴직한 남자는 텔레비전 연속극에서 첫사랑을 찾을지도 모른다.

항간에 떠도는 신종언어의 출몰이 남성들을 겨냥하고 있다. 하루에 한 끼도 먹지 않으면 영식님, 조석朝夕 찾는 두식二食과 삼시 세끼 밥상 받는 삼식三食은 입에 올리기조차 거북한 호칭이다.

평생 동안 가족을 부양한 죄의 대가치곤 너무 잔인한 형벌이다. 몹쓸 세월이 그렇게 만들어 버렸으니 가만히 앉아서 얻어먹기는 이제, 글렀다. 그렇다고 대안이 전혀 없는 것도 아니다. 이참에 존경받을 수 있는 그 비법을 공개하면 다음과 같다.

마누라에게 걸려오는 전화의 출처는 절대 캐묻지 마시라. 외출 시에는 언제 오느냐고 다그치는 건 금물이다. 간단한 전기밥솥 사용은 기본으로 익혀야 하고, 냉장고의 김치도 가위질하여 드실 줄 알아야만 한다.

노년을 편안하게 지내려면 아내를 집안에 가두지 마시고, 약간의 자유를 선물할 줄 아는 것도 현명한 방법에 속한다. 나이가 들면 호르몬의 작용은 남녀의 성별性別조차 정체성을 모호하게 만들어 버린다. 여성화 된 남성, 남성적 기질을 발휘하는 여자와 상반된 반응을 보인다고 한다. 늙어서 아름답게 사는 것은 허물없는 친구처럼 지내는 부부라고 한다.

우리 집 가장家長도 머잖아 만기제대가 가까워졌다. 가난을 유산遺産으로 물려받았지만 부양의 임무만은 소홀하지 않았다. 세경 없는 머슴을 부리듯 가족들은 그의 발목을 노끈으로 옭아매었다. 혼기婚期 찬 자식들은 아직까지도 책과 시름하고, 평생교육 운운하며 늙은 아내마저 그의 어깨를 짓누르고 있다. 그에게 가정은 족쇄였던지, 모든 것을 홀가분하게 벗어버리면 백두대간을 종횡하고 싶다고 말한다.

남편은 오직 그날이 오기만을 학수고대하며 텁석부리수염을 기른 가수의 노래를 즐겨 부른다. "고장 난 벽시계는 멈추었는데/ 저 세월은 변함이 없네."라며 흘러간 청춘의 변절을 아쉬워한다.

승차권 발급을 기다리는 데 한 남자가 다가와 여비를 조금 보태달란다. 매정하게 외면해버린 나를 젖히고 중간쯤에 서 있던 처자가 지폐를 건네주었다. 그는 제법 모아진 지폐를 헤아리며 또다시 이리저리 기웃거렸다. 각처로 떠나는 행선지를 올려다보아도 그가 말하는 목적지는 서부가 아니라, 동부터미널이었다.

입안에서 독한 알코올 냄새를 풍기는 그 모습을 오늘 처음 만났더라면…… 지하철 역사에 둘레둘레 모여 앉아 술병을 껴안고 있던 모습이 목격되지만 않았어도, 기꺼이 그의 요구에 응했을 것이다.

혈기 왕성한 젊은이들이 일자리가 없어서 후미진 지하에서 웅크리고 지낸다. 생활이 어려워서 어린 생명들까지 유기하는 사례가 하루가 다르게 부쩍 늘어간다. 한창 일할 나이에 회사에서 등 떠밀며 나가라고 한다. 학업을 더 계속하겠다는 자녀 유학비에 부모의 등골이 휜다.

돈 들어갈 데 한창인데 평균 수명이 늘어만 간다. 노구老軀는 쪼들리는 노후를 걱정하고, 청춘들은 벼랑 끝으로 내몰린다. 이런 현대판 비극을 아직은 '청춘'인 세대들이 너무 잔인하게 앓고 있다.

그에 비하면 족쇄 풀린 남자들이여!

만기 전역한 그대들은 그래도 행복하지 않은가?

족쇄 풀린 여자

한동안 피부병을 앓은 적이 있었다. 생각보다 후유증이 오래갔다. 손톱 밑에 가시만 박혀도 아픈 법이거늘, 피부가 소보로 빵처럼 부풀어 오르는 가려운 증세는 사람을 환장하게 만들었다. 더구나 몸을 옥죄는 의상에 피부가 민감하게 반응했다. 사춘기 때부터 솟아오른 가슴을 에워싸고 다녔던 브래지어까지 숨 막히게 만들었다. 견디다 못해 맞잡아 당겨 끼웠던 호크를 풀어 버렸다. 몇십 년 동안 묶었던 걸 풀렀더니 그렇게 편할 수가 없었다.

노화 현상의 진행이 피부세포조직만 약간 변형시켰을 뿐이다. 한때는 모성의 본능을 유감없이 발휘했던 수유공급처는 적당한 볼륨을 지니고 있었다. 손자 녀석이 생기면 '할머니!'라며 파고들 정도로 마침맞다. 혼자만의 착각.

쉰을 넘겨 달거리가 멈춘 여자에게 폐경기를 맞았다고 논하지 말라. 생명의 잉태를 완벽하게 마쳤으니 완경한 여자라고 불어주었으면 좋겠다. 갱년기를 앓는 여자는 아무짝에도 쓸모없는, 선술집의 늙은 작부 같은 존재로 취급당하면 너무 서글프지 않은가!

유구한 역사를 자랑하는 조선시대로부터 여자를 삼종지의三從之義라는 족쇄로 옭아매었다. '어려서는 아버지를 따르고, 결혼하여서는 남편을 섬기고, 늙어서는 자식에게 의지한다고' 천만번 맞는 말이다. 그로 인하여 순종을 미덕으로 강조하며 얼마나 여자를 나약하게 만들어 버렸는가. 남자들에 의해 악법의 순환전철을 오래도록 밟도록 함정을 파놓았다. '여자 팔자 뒤웅박 팔자'라며 남자만 잘 만나면 평생을 그에 얹어 살아갈 것이라고 스스로 최면까지 걸게 만들었다.

일제의 민족 말살정책처럼 층층시하의 시집살이는 인격마저 무시했다. 타인을 위해 여자는 온전히 자신의 삶까지 송두리째 헌납했다. 기구했던 운명이 이즈음에 와서는 도처에서 쇠사슬 끊어지듯 요란한 소리가 들린다. 어려운 관문을 통과하는 고시考試생들의 비중도 여자가 훨씬 높다. 공무원은 물론, 학교 선생님 또한 여인 천하가 되어 버렸다.

여자들이 족쇄에서 풀려나면서 그 위치가 뒤바뀌어 버린 세상에 우리는 살고 있다. 곰방대 물고 음풍농월吟風弄月이나 읊조리던 조선의 선비는 어디로 실종되었는가. 남자들의 수난시대 개막은 영웅호걸 여장부를 탄생시켰다. 이제는 더 이상 남자들의 밥상

아래 쪼그리고 앉아 양푼 그릇 밑바닥이나 달달 긁던 여자는 존재하지 않는다. 신神도 놀랄 만한 완벽한 반전을 어느 누가 뒤집을 수 있으랴!

'결혼은 의무라기보다 선택'이란다. 유리 구두의 주인을 찾아서 왕자가 나서는 게 아니라, 버킹검에 들어앉힐 남자를 여자들이 골라잡는 시대가 되었다. 능력 있는 여자에게 간택 받으면 분명 행운아에 속한다. 결혼조차 그 대열에서 낙오자가 되면 수단 방법을 가리지 말아야 한다. 몽달귀신을 면하려면 어쩔 수 없이 이국땅으로 날아가 현대판 인간시장에 뛰어든다.

중매인을 통한 결혼의 성공사례는 천차만별이다. 연령은 상한선 없이 무제한 리필이 가능하여 모셔오거나 데려온다. 흥정을 했든 적선을 했든 간에 서로 조화로우면 국위선양에 얼마나 도움이 될까만, 국가 망신을 있는 대로 시키는 사례들이 빈번하게 일어난다. 어디 손댈 게 있다고 아버지 같은 남편이, 딸 같은 아내에게 범법 행위들을 무자비하게 자행한다.

이제는 오백년을 자랑하는 조선시대가 아니다. 다문화 가족이 폭발적으로 늘어나는 첨단을 달리는 유비쿼터스 시대에 살고 있다. 여자에게 더 이상 족쇄를 채우지 말아야 한다.

모든 임무에 완경을 끝낸 여자들은 온전한 자아발전을 위해 오늘도 종횡무진 달리고 있다. 지자체마다 개설하는 취미교실에 인원이 넘쳐난다. 서화書畵는 물론이거니와 각종 프로그램이 그들의 발길을 바람나게 만든다. 인원이 많이 몰리는 노래 교실에는 한 맺혔던 절규들이 아우성을 친다.

외출에서 돌아온 아내의 시무룩한 표정에 남편 왈, 정중하게 물었단다.

"멀쩡히 나가더니 와 입이 툭 튀어나왔노? 누가 명품 가방 들었드나?"

대답조차 하지 않은 여자.

"아니모 누가 굵은 다이야 반지를 끼드나?"

여전히 묵묵부답. 화가 난 남편이 드디어 폭발하였다.

"그라모 뭐꼬? 이 여편네야!"

입을 삐죽이 내민 여자 왈, "여태껏 서방 살아 있는 인간은 나밖에 없드라!"라고 했다는 말은 분명 조크joke이기를 바라고 싶다. 그래도 늙으면 등 긁어 주는 게 부부 사이 아닌가.

여자들이여!

설령 시대가 변하여 족쇄에서 풀려났다 한들, 범죄는 저지르지 말자. 우리에겐 모성 본능의 염색체가 흐르고 있지 않은가. 작은 생명들을 제 물건인 양 가지고 마음대로 장난질하지 마라. 그러다 언젠가 역지사지易地思之 신세가 될지도 모른다. 족쇄는 부메랑처럼 되돌아와 나 자신이 스스로 찰 수도 있다.

영일만 야곡夜哭

또 고집스럽게 찾아갔다. 발길이 향하는 곳을 마음은 이미 알고 있었다. 하나로 붙어 있다 떨어져도 다시 나란해야만 제구실을 하는 나무젓가락 같았다. 처음부터 미완은 없었다. 마음이 조종을 했든 발길이 떼를 썼든 시원始原을 향한 그리움은 하나였다. 눈에 비친 모든 사물이, 인정이 예전 같지 않다고 실망할 이유도 없다. 바람의 기류에 휘몰리듯 세월이 한순간 그렇게 지나갔다.

운해를 걷어낸 바다는 홍윤히 물들고 있었다. 폭죽을 쏘아 올리며 여름밤을 즐겼던 피서객들이 모래를 털며 모여들었다. 후릿그물 당기기 체험이 시작된다는 안내방송이 나온다. 선두先頭에서 배를 띄우고 밧줄을 끌어내리는 반백의 어부 얼굴이 낯익어 보인다. 비린내 풍기는 작업복을 입은 겉모습에서 그의 까까머리 시절이 설핏 비친다. 그에게 바다란 조상 대대로 뿌리를 내린 고향이었고 삶을 캐내는 생활의 원천源泉이었다. 대물림을 받아 닻을 내리는 솜씨가 예사롭지 않다. 검게 그을린 얼굴에서 '행복'이란 낮은 곳에서부터 시작된다는 걸 몸소 보여주고 있었다. 바다 사람이라고 홀대받을지언정 과거를 잊은 사람들에게 추억을 한 페이지 들춰보게 만들었다.

처음으로 체험에 참가한 아이들이 신기한 양 모여든다. 청백으로 나뉘어 경기를 펼치듯 양쪽 모두 줄을 당기느라 부산했다. 그 광경을 바라보다가 슬그머니 대열에 동참한다. "영차, 영차" 모래 바닥에다 발을 파묻고 어빡자빡 자지러졌다. 풍선처럼 부풀린 그물주머니에 갇힌 잡어들이 널을 뛰고 있었다. 누군들 한 생生이 저렇게 펄떡대던 시절이 있지 않았을까.

영일만迎日灣은 어부들의 곳간이나 마찬가지였다. 아버지 역시 가진 농토도 없었을 뿐더러 조상재물도 물려받지 못했다. 그러니 자식들에게 시킬 수 있었던 건 뱃일뿐이었다. 비록 그곳에서 은혜를 입고 살았든 간에 내 안에 잠재된 바다에 대한 분노忿怒의 부레는 세월이 흐를수록 방만하게만 부풀어 올랐다.

내 수족과 같았던 형제들이 사고사事故死를 당했을 때 아버지는 두말 않고 선박회사에서 내민 서류에 목도장을 찍었다. 그 보상금으로 공동묘지 아래에다 다섯 마지기의 논을 샀다. 하필이면 왜 거기였는지, 한 번도 그에 대해 묻지 않았다. 그곳은 여름에도 온몸에 한기가 돌았다. 오래된 무덤들은 납작해가거나, 새로운 봉분들이 솟아올랐다. 상두꾼들이 수시로 올라왔고 음식물이 버려졌다. 까마귀 떼가 새까맣게 몰려들었다. 옷가지를 태우는 연기가 계곡을 휘감고 돌았다. 돌 곽을 쌓았던 돌들이 불에 달궈진 채 나뒹굴었고, 까마귀들이 을씨년스럽게 머리 위로 빙빙 돌았다.

아버지는 젊어서 한 시절 놀았던 바다와 등을 돌렸다. 그 대신 흙에 묻혀 살았다. 논의 한 쪽 귀퉁이에다 마사토를 한 짐 지고 와 쏟아 부었다. 삽으로 회다짐하듯 두들겨 편편하게 만들었다. 거기에 앉아 한숨을 내쉬며 궐련초를 말아 피웠다. 그 마음을 위로하려고 리어카를 끌었고 지게질도 배웠다. 내가 지금까지도 날렵하게 하는 낫질도 그때 익혔던 솜씨 덕분이다.

천수답은 불효자들이 아버지께 드린 마지막 효도 선물이었다. 그 논에서 벼가 익으면 자식의 얼굴인 양 쓰다듬었고, 몸에 난 종기를 짜내듯 잡초를 솎아냈다. 가슴으로 흐르는 눈물이 핏물이라는 걸 처음 알았다. 한 많은 세상과 등지고 싶었을까. 아버지는 열 손톱이 잦아지도록 농사일에 매달렸다. 자식들을 위해 영산재를 지내듯 날마다 돌탑을 쌓아갔다.

그해 가을, 마당에 뒤주가 세워졌다. 자식들이 그렇게 원하던 나락 뒤주였다. 마구간에서 손바닥이 닳도록 꼰 새끼로 친친 옭아맸다. 그 이후로 장리쌀은 더 이상 필요치 않았다.

저물어 가는 해를 뒤로하고 축항에 앉았다. 책갈피를 넘기듯 팔랑팔랑 밀물이 밀려온다. 그 물살 위에 얹혀 그리운 초상肖像들이 손을 잡고 달려온다. 파도가 한 겹씩 주름을 잡을 때마다 삼십

대, 오십대쯤의 얼굴들이 설핏 떠오른다. 살아계신다면 큰 오라
비는 일흔은 넘겼을 것이다.

한 사람은 오호츠크 해역에서 내려오고 또 한 사람은 서해를
휘돌아 영일만을 찾아왔다. 그들은 오늘만 온 게 아니었을 게다.
세상과 등졌던 그날부터 물새가 되어 날아왔거나, 바람 되어 무
시로 고향 바다를 찾아왔을 것이다. 오늘은 내가 남해에서 올라
왔으니 모처럼 삼남매가 함께 모였다.

달은 처량하게 밝았고, 폐선이 된 거룻배는 아버지가 불렀던
슬픈 노랫가락만 담고 있었다. 그날 밤 나는 백사장에 앉아 오래
도록 슬픈 야곡을 불렀다.

"넓고 넓은 바닷가에 오막살이 집 한 채. 고기 잡는 아버지와
철모르는 딸 있다"

주객 블루스

혀끝부터 짜릿해진다. 목구멍을 타고 흐르는 액체가 고압선 전류에 감전된 듯하다. 그게 첫 잔의 묘미다. 사랑도 첫사랑에 매료되듯이 술도 첫 잔에 강렬하게 흡입된다. 이래서 '첫' 글자는 생각지 못한 요술을 부린다.

분위기가 그럴 듯했다. 여하튼 어울려도 좋을 술자리 같았다. 어디를 가든 분위기 찾는 고질병은 치유 불가다. 원수 같은 '문학'이란 생물을 양육하는 탓이다. 그게 얼마나 독종인지 뜯어내지도 못한다. 메스를 가해 잘라낼 수도 없다.

애지중지 키워 보았자 밥벌이 되는 것도 아니다. 붙들고 앉아하, 세월 보내었으면 곰삭은 맛이라도 풍기든지. 어정잡이 놀음하다 날 새는 줄 몰랐다. 모질지 못해 끊지 못하고 자발없이 또 끌어안는다.

실내 분위기는 애연가들이 품어대는 줄담배로 연기가 빼곡히 들어찼다. 개방된 흡연 구역이니 내정 간섭할 권한은 없다. 한 여인의 집게와 장지 사이에 끼워진 담배개피가 손톱만큼 길고 가늘다. 담뱃불을 꼬나물고 다리를 외로 꼬고 앉았다. 각선미가 조선무같이 매끈하다. 치부를 드러내도 자신 있다는 포즈다. 눈꼴 사납다고 눈살 찌푸릴 일 아니다. 간혹 해코지하는 치한만 아니면 남성들과 맞대결하며 21세기를 달리는 여풍의 권세가 오히려 당당해서 좋다.

서로 안부를 안주 삼아 첫 잔을 돌렸다. 담배 연기 속에서 저마다의 삶을 실타래처럼 풀어놓는다. 컨베이어 돌아가듯 한 순배 돌아가자 훌쩍거리는 소리가 들린다. 팔자타령에 실연의 아픔까지 늘어놓는다. 전형적인 여성 취객의 표상이다. 맥이 탁 풀리고 재미없다. 제일 앉고 싶지 않은 술좌석이다. 그 난판에 틈새 비집고 앉아 빙초산 뿌리면 곤란하다.

먹고 살기가 전쟁터 같은 현실에 술집에서조차 자유를 누리지 못하면 무슨 맛으로 삶을 살 것인가. 그 평화로운 안위마저 억압하면 너무 잔인한 이기利己이다. 나 또한 진즉에 삼류 작가 흉내 내지 말고 궐련초라도 말아 피웠더라면 불후의 명작수필을 남겼을지…….

맛으로 멋으로 중독되어 줄담배를 빨아 대는 남자가, 술이 오른 여인에게 정종 같은 눈빛을 보낸다. 아무리 술이 취했기로서니 보톡스 주입해야 될 얼굴을 쳐다보며 부킹하자고 추파를 던지겠는가. 차라리 "으악새 슬피 우는" 가을 노래를 부르며 고독을 즐기는 게 훨씬 편하다.

　술과 문학은 한 모티브의 맛을 제공하는 것일까? 이태백이 술에 취해 보름달을 건지려고 물에 뛰어들었다. 변형로 선생이 발가벗고 말 등에 올라타고 백주에 대로를 활보하였다. 살아생전에 맥주에다 밥 말아 먹을 만큼 술을 즐겼다는 조태일 시인을 동석시키면 셋은 모두 당대·근대의 술과 시詩에 능통했던 주객들이다.

　술을 전혀 하지 않고서도 불후의 명작들을 남기는 작가도 허다하지만, 한 푼 두 푼 구걸하여 술 받아먹으면서도 의기양양했던 천상병 시인을 질타하는 사람은 그다지 많지 않다. 오히려 동냥거리 잘 얻어먹고 멋진 소풍 즐기고 간다는 때 묻지 않은 그의 동심을 추앙하고 있지 않은가.

　애당초 일류 작가들의 발끝을 쫓아간 게 잘못이었다. 쉽게 홀짝거릴 일도 아니었다. 허접스럽게 매듭 묶인 글꼬리가 풀리지 않으면 손아귀는 벌써 술잔을 움켜잡고 있다.

　번갯불 스치듯 영감靈感이 떠오르면 술맛은 극치를 달린다. 어디서 그런 호기가 발동될까. 담배 한 대 피워 물고 싶은 객기까지 생긴다. 알코올의 위세가 가관이다. 일필휘지一筆揮之. 칼처럼 펜이 내리꽂힌다. 원고지의 여백을 모두 채울 무렵이면 정신은 이미 혼절상태. 퇴고는 언제나 원점에서 도로아미타불이다.

빠른 속도로 술잔이 돌았다. 이슬비에 옷 젖는 줄 몰랐다. 내 몸도 서서히 모르핀을 맞은 기분이다. 술이 오장육부五臟六腑 훑고 지나가면 술값하는 표정들마다 천태만상이다. 볼 만한 춤판이 그때부터 시작된다.

삶은 대게 껍질처럼 얼굴이 달아오르는 사람은 전문적인 술꾼 부류에 속하지 못한다. 치자 물감을 들인 이는 위장병 앓는 환자처럼 연거푸 딸꾹질을 해댄다. 혀가 꼬부라져 회화 가능이 전혀 불가한 취객의 입에서 한글이 수난을 당한다.

개개하게 풀린 눈동자는 초점을 잃은 채 방향 감각마저 사라졌다. 연체동물처럼 허우적대다 안방인 양 누워 버린다. 술 먹고 늘어져 잠이 든 사람의 무게는 왜 그리도 무거운지. 급기야 술청에 함께한 동료의 등에 업혀 나온다.

평소에 법 없이도 살 사람이 술 힘을 빌려 애먼 사람의 멱살을 잡고 주먹다짐을 해댄다. 옳지 못한 처사라고 뜯어 말리면 도리어 시비를 거는 술꾼은 다음날이면 여염집 새댁으로 변한다. 가끔 빙고!를 외치는 허풍쟁이는 카드대금 독촉에, 아내의 잔소리 경고장까지 받아 들고 가슴 치며 후회한다.

야삼경에 귀가하면서도 아이들을 깨워 꿇앉혀 놓고 일장 연설을 하는 불나방도 있다. 술만 마셨다 하면 현관문을 걷어차는 간 큰 남자는 또 어떻고. 거기다 아내에게 폭력까지 휘두르는 주정꾼을 보면 정말이지, 내 멋대로 양조장 문을 닫아 버리고 싶다.

때로는 명약인 척 행세하다 잘못 들면 독약 사발이 되기도 한다. 이렇듯 '술'은 최면을 걸어 주객들을 애매모호한 블루스를 추게 만든다. 그 춤은 '사푼사푼' '조용조용' 하게 출수록 사람 좋게 보인다.

어느 봄날의 애화哀話

'그래, 어디 한 번 해보자. 네가 이기나, 내가 이기나. 이젠, 요지부동일걸. 너무 촐랑대고 까불지 마라. 퍼드덕 될수록 고통은 더 심해진다. 입술에 상처가 더 깊어지기 전에 순순히 끌려 나오너라.

아이고 참, 별일이네. 꼴같잖게 입은 꼭 쌀눈 만하게 생겨가지고 이빨까지 뽀드득대며 달려드네. 어린 게 겁도 없이 엇다 대고? 어부가 복 치듯 한다는 소리도 듣지 못한 모양이네.

가만가만 그러고 보니 송곳처럼 뾰족하게 솟아난 게 앞이빨 아니냐? 에끼 요 녀석! 이제 겨우 앞이빨 두 개 내밀고 무엄하게 굴다니. 내 비록 쓸모가 없다는 의사의 말에 어금니와 사랑니 두 개를 빼냈다만 아직은 끄떡없다. 남아있는 것만 해도 족히 스무 개는 되거늘, 이제 겨우 돌 지난 갓난애 이빨쯤이야, 하하하, 가소롭다.

모든 사람이 너희 어종魚種들 앞에서만 유독 맥을 못 추니 간땡

이가 부어도 예사로 부은 게 아니네. 네가 화가 나면 까칠한 피부를 사포처럼 세우고 복부에다 복수腹水를 가득 채우고 사람들의 피부를 긁어대는데, 그거 가라앉히는 건 한순간이다. 까짓것 바늘 끝만 갖다대면 펑크난 타이어 신세가 된다는 걸 명심하여라. 그러면 너의 생명은 곧 끝장나는 거야. 그걸 알아야지. 기고만장하게시리. 낚싯바늘에 걸려서까지도 이빨 갈고 달려들면 곤란하지.

나의 손아귀에서 탈출하기에 너의 힘은 너무 미약하고, 낚싯줄은 고래 힘줄만큼 질기다는 걸 몰랐지? 그러게 환영 못 받을 걸 왜 자꾸만 남의 비위를 톡톡 건드리며 갑작갑작 미끼를 뜯어갔느냐 이 말이야. 던져 준다고 아무것이나 덥석 집어삼키는 게 아니야. 너만 그런 게 아니라, 사람도 뇌물 잘못 삼키면 밥줄이 끊어지고 매장당하는건 눈 깜짝할 사이다.

너무 잔혹한 애화哀話지만 예전에도 그랬고, 지금도 가끔 그런 광경을 목격할 때가 있단다. 마실 잘못 나온 죄로 낚싯바늘 끝에 덜컥 걸려 곤욕을 치르는 너는 아주 좋은 아이들의 놀이 기구가 된다는 사실을 전혀 몰랐을 것이다. 낚시꾼들이 패대기쳐 버리는 너의 배꼽에다 대롱을 꽂고 입김을 불어 넣으니 복부가 탱글탱글하게 부풀어 오르더라. 축구공이 되어 발길에 차이고, 배구공이 되어 점프 당하고 신세 참, 처량하더라. 억울하고 원통해도 팔자소관이려니 여기고 공연히 헛바람 넣고 거만 떨지 마라. 잘난 체하면 큰 코 다친다.

　나는 네가 그 핏발 선 눈동자에, 세포 줄기마다 타고 흐르는 독毒의 위력이 엄청나다는 걸 잘 알고 있다. 일찍이 나의 외삼촌으로 태어났던 열두 살짜리 꼬마가 네놈 알을 도루묵 알로 착각하고 모닥불을 피워 구워 먹었단다.　입술이 파랗게 자지러진 아이를 발견했을 때는 이미 목숨이 끊어진 뒤였단다. 끔찍한 이야기를 세상 떠난 어머니께 들었던바, 아직도 그 기억이 생생하다. 소름 돋는 무섬증에 심장이 두근거려 망망대해로 귀향시켜 줄까 했는데 그날따라 네놈 시알이 너무 굵은 게 잡히더라. 몸집 또한 봄도다리처럼 통통하게 살이 올라 있어 입안에 군침이 돌았다. 그래서 야금야금 미끼 따 먹다 턱이 걸린 애송이들까지 몽땅 싸잡아 들고 왔다네.

　이젠 늙어서 기력이 딸려 보양식이라도 좀 될까 하여 잡아 왔기로서니 그래, 이빨까지 갈며 복수하자고 달려들 게 무어니? 하기야 재미로 던진 돌멩이에 개구리가 맞아 죽는다는 말도 있으니, 낚싯바늘에 걸린 너에게는 목숨이 오락가락했으니 도망치려고 발버둥을 친 건 당연한 일이지.

　간혹 요리를 잘못한 사람들이 너희 씨족들이 지니고 있는 독성에 치명적인 손상을 입기도 한다. 타 어종에 비해 해장국에 그저 그만인 너희들을 요리하여 오늘은 수라상이라도 보아야 할까 보다. 갖은 양념을 다해 국을 끓이면 소주 몇 잔은 거뜬하게 넘길

수 있을 것 같다.

"그래보았자 한 점도 안 될 텐데 그걸로 간에 기별이나 가겠느냐"고 네 또래들이 입을 모아도 봄볕이 너무 잔인하여 범죄자가 되어 버렸다.

너는 독성이 강한 만큼 명줄도 상당히 모질게 태어난 모양이네. 숫돌에 날을 세운 식도를 들이대도 눈도 깜짝하지 않고, 여전히 이빨을 보드득 갈며 복수腹水에 바람을 가득 채우고 복수復讐하자고 대드니 참, 난감하기 그지없네그려.

그러나 너무 서운하게 생각 말게. 독毒도 잘만 사용하면 약이 되는 법이거든. 네 몸속에 흐르는 독성을 나에게 좀 전염시켜 주지 않으련? 독을 품고 글 쓰는 일에 정진하고 싶다. 국물 맛을 시원하게 우려내어 강단剛斷 맞게 마름질하여 감칠맛 내는 문필가로 이름을 날리고 싶다. 소문을 듣고 누군가 찾아오면 너희들 은혜로 생각할게. 다소 이율배반적이지만 그렇게만 된다면 이참에 침이 마르도록 떠벌리고 다니며 칭찬하겠네.

자! 이제, 모든 상황전개는 끝이야. 콩나물이 끓고 있다. 준비되었지? 곧, 잠수하는 거다. 미나리로 고명을 올리면 너는 맛있는 복어국이 된다. 나의 혈관을 타고 세포 속에 침투하여라. 암호지령은 종신형이다.

설, 그 메커니즘 속에는

S님!

섣달 스무 사흘쯤 되면 나는 뻔질나게 오일장을 찾아갑니다. 시골 아낙에게 장터는 그리 낯설지 않습니다. 그곳은 우리들의 가난했던 추억들이 남아 있기 때문입니다. 거기만큼은 흙탕물 속에서 씨름하는 정치권의 저질스런 싸움질도 없고, 등지고 살았던 가족들끼리도 욱시글득시글 어깨를 맞부딪치며 서로 마음을 열게 만드는 게 장터의 매력이지요.

그곳이야말로 보통 사람들, 그저 평범한 서민들의 인정이 흐르는 만남의 장소이지요. 조상께 올린 차례상茶禮床을 준비하고 고향을 찾아올 자식, 형제들을 위해 손길은 더욱 분주해진답니다.

지난여름 태풍이 강타했을 때에도 객지에 거처하는 향인鄕人들의 가슴이 몹시 아팠을 겁니다. 고향을 지키는 사람이나 출향인 모두가 하나같이 발 벗고 나섰지요. 황톳물에 쓸어내려 간 가슴을 치유해주며 수해복구에 비지땀을 흘렸지요. 서로 고생을 겪었던 뒤라 이번 설날은 그 의미가 큰 명절이 될 것 같습니다.

S님!

우리가 어렸을 적엔 손꼽아 기다렸던 게 설날 아니었습니까? 무엇보다 배불리 먹을 수 있다는 게 즐거웠지요. 이밥에 삶은 계란 하나, 떡메로 쳐서 빚은 콩고물 묻힌 인절미는 어이 그리 쫄깃했던지, 허기긴 눈망울들 입가에 침을 흘리게 만들었지요.

후미진 골목마다 튀밥이 터지고 소리에 놀란 아이들이 몰려들었지요. 부엌에선 어머니가 조청을 꼬아 강정을 만들고, 달콤한 감주 향은 토담을 넘나들었지요. 설날만큼은 유일하게 검정 고무신 대신 하얀색 신발을 신을 수 있어 좋았지요? 형편이 좀 나아지면 운동화를 얻어 신을 수가 있었지만, 어디 마음대로 신고 다닐 수 있었습니까? 머리맡에다 두고 한 번 신고 나갔다 오면 다시 걸레로 밑바닥을 닦고, 껴안은 채 잠을 자기도 했었지요.

섣달 그믐밤 잠을 자면 눈썹이 희어진다는 말을 곧이곧대로 믿고, 뜬눈으로 밤을 새우다 날이 밝으면 저마다 얻어 입은 설빔을 자랑하러 사립문을 열고 달려 나왔지요. 지나고 보니 생애 가장 행복했던 시절이었던 것 같습니다.

S님!

이제 그 추억은 흑백사진 속에나 남아있습니다. 한창 일할 나이에 일터에서조차 내몰린 현대인들에게 명절은 돌덩이를 짓누르고 말았습니다. 마음이 중요하다지만 그리 됩니까? 반가운 뒤에는 먹을 게 있어야 한다는 말이 있듯이 마음과 함께 물질이 따라야 살가운 정도 생기는 법이지요.

고향은 사람을 가리지 않습니다. 잘났듯 못났듯 언제나 그들을 두 팔 벌리고 기다리는 곳이 아닙니까. 조상 대대로 인ㅅ의 뿌리를 내리고, 가지를 치며 살아가는 영원한 마음에 안식처입니다. 가난뱅이라고 내치지 않고 부자라고 결코 떠받들지 않습니다. 타관으로 유랑생활을 하는 사람도 마지막에 돌아가고 싶어 하는 곳 또한 고향 아닙니까?

객지로 떠돌다 찾아오는 자식들을 손차양하고 기다리는 모정은 정말 눈물겹습니다. 형편이 어려워 고향을 찾아오지 못하는 향인들의 가정에도 하루 속히 웃음꽃이 피었으면 좋겠습니다. 아무리 살기가 어려워도, 세월이 각박하여도 고향은 늘 어머니 품속처럼 따뜻하지 않습니까?

S님!

즈음에 먹고 살 만하여 간혹 산해진미山海珍味를 받습니다만, 입맛이 변했는지 구미가 당기지 않습니다. 편하자고 누워있는 집은 공중에 뜬 새장 같고, 신발 밑장엔 콜타르 기름만 끈적끈적하게 달라붙습니다. 시골로 내려가 텃밭 가꾸는 재미를 느끼고 싶지만 그도 힘에 부칠 것 같아 마음을 접고 맙니다.

지금이야 어디 명절이 따로 있습니까? 한 걸음만 나가면 대형 마트 진열장에 없는 게 없습니다. 구색 갖춘 음식들이 즐비하니 힘들어 음식을 장만할 필요도 없지요. 그 맛에 길들어진 손자에게 경험담을 들려줄라치면 라면이라도 끓여 드시지 그랬냐고 핀잔듣기 일쑤지요.

그 시절은 오락놀이라 해보았자 손꼽을 정도였지요. 널뛰기, 재기차기, 팽이 돌리기. 비료 포대를 찢어 만든 딱지치기와 구슬치기, 땅따먹기가 전부였지요. 아차, 연끓어먹기 놀이도 상당한 스릴을 느끼게 만들었지요. 실에다 유리가루를 묻혀 상대편 연줄을 끊어 버렸을 때 그 쾌감은 이루 말할 수 없이 즐거웠지요. 언제 한 번 뒷동산에 올라 연날리기를 하시렵니까?

그 재미를 모르는 요즈음 세대들은 전자 게임에 중독되어 가는 것 같습니다. 그것뿐만 아니지요. 도박장을 드나드는 공직자는 물론, 포커와 게임에 빠진 현대인들의 정신세계가 두렵기까지 합니다. 그들에게 나라의 미래가 달려있다고 생각하면 낭떠러지에서 떨어지듯 아찔함을 느낍니다. 경쟁을 부추기는 사회는 인간성 말살이란 세균을 증식시키기에 바쁩니다. 일등이 되기를 열망하기보다 최선을 다하는 인성을 가르치는 게 어른들의 몫이라고 여기는 저의 생각에 동의하리라 믿습니다.

S님!

이번 섣달그믐에는 고향을 찾아오는 오촌 아재와 갈곶의 순이, 모래실의 덕환이 얼굴도 한 번 보았으면 좋겠습니다. 순이는 서울서 그럭저럭 산다는 소식을 들었고, 덕환이는 가까운 부산서

자수성가했다는 소리를 백부께 들었습니다.

읍내 오일장에 가면 반가운 얼굴들을 만나서 막걸리라도 한 잔 마시고 싶습니다. S님의 모습도 뵐 수 있었으면 합니다. 모처럼 고향을 찾아오는 지우知友를 만나는데 허접스럽게 갈 수 있겠습니까? 저도 구두라도 좀 닦아야겠습니다.

미안해, 정말 미안해

무슨 연유일까. 은행나무가 생기를 잃었다. 가을이 오면 가장 먼저 단풍 소식을 알려왔는데, 몹쓸 병이 든 모양이었다. 푸르렀던 잎은 빛바랜 절간의 단청이요, 가지마다 거미가 아흔아홉 칸의 집을 지어 놓았다. 잎은 하얀 분을 뒤집어쓰고 시난고난 앓았나 보다. 때깔이 좋을 때는 백열등을 켜놓은 것 같은 분위기를 연출했다.

여름 볕에 그을리고 처서處暑 지나 귀뚜라미 울면 나무는 황금색 의상을 입는다. 노랗게 물이 든 잎에다 시를 쓰거나 연인에게 짧은 연서를 보낸다. 그걸 받아 든 이가 감격하여 전화로 즐거운 비명을 보내온다. 그런 날은 공연히 길을 묻는 낯선 사람에게까지 헤픈 웃음을 흘리게 만든다.

나무는 수액을 뽑아 올려 오색의 단풍을 만든다. 물기 잦아진 육신은 순산한 산모처럼 핼쑥해진다. 손아귀에 조금만 힘을 가해도 이내 바스러진다. 저 한 몸이야 휘어지든 잦혀지든 빛깔 고운

잎으로 사람들의 눈을 즐겁게 해준다.

동심童心에 가뭄 든 사람들은 "아직도 그 나이에 감성이 남아 있느냐?"는 말투로 낯 뜨겁게 만들지만, 보란 듯이 격자창 문살에 한지로 곱게 덧바른다. 초열흘 송편달이 창문에 얼비추면 그 멋스러움에 홀려 꿈길조차 하얀 메밀밭을 걷는다. 은행나무 단풍은 나를 낭만파 시인으로 만들었다. 설한풍이 불어도 머리맡은 언제나 따뜻했다.

수술 후유증으로 힘겨워지면 잠시 컴퓨터 앞을 떠난다. 수많은 날을 쪼그리고 앉아 쪼들리는 글재주로 마른 글을 쓴다는 게 여간 고통스럽지 않았다. 속에서 뜨거운 열기가 차오르면 베란다로 나선다. 취미 삼아 키우는 분재들을 바라보면 마음까지 정화되었다.

아! 창밖에 비가 내린다. 숨이 막힌다. 나무 등피는 건조하여 피부병이 생겼다. 저 비를 원 없이 맞아 보았으면…… 뿌리는 좋아서 대지를 뚫을 것이며, 이파리는 신이 나서 팔랑팔랑 춤을 출 것이다.

인간의 이기심이었다. 나무를 옮겨와 온실에 가두고 철저하게 기형으로 만들어 갔다. 그래야만이 상품의 가치가 있었다. 그건 곧바로 돈과 연관이 되었다. 그렇게 귀하신 몸으로 만들어 놓으면 부르는 게 값이었다. 모형이 뒤틀려 있을수록 고가에 거래

되었다. 뻗어나가려는 가지를 가위로 잘라내고 사대육신을 옴짝 달싹 못 하게 철사로 동여맸다. 성장을 못 하게 거세도 서슴지 않는다. 나무야 장애를 가지든 말든 등이 굽으면 최상의 상품으로 평가받는다.

그 바람에 나무가 병이 들었다. 빈대 같은 흡혈기가 달라붙어 서서히 나무를 고사시키고 있었다. 얼마나 괴로웠을까. 얼마나 몸서리치도록 가렵고 소름 끼쳤을까. 속으로 골병드는 줄 모르고 주인은 가다 오다 성의 없이 물만 찔끔 쏟아 부었다. 그 물에 목을 축인 게 죄가 되었던지, 지난해는 유난히 때깔 좋은 단풍을 피워 올렸다.

내 집 베란다 구석에서 수난을 당하며 살았던 분재에 비해 수림이 울창한 곳에서 자라는 재목材木은 축복을 받았다.

"애들아! 여기가 참 좋구나!"

소풍길에 나선 선생님이 그늘 아래로 아이들을 불러 모은다. 도란도란 김밥을 나눠 먹는 모습이 귀여워 소슬바람 한줄기 쓰다듬고 지나간다.

"영감! 이 자리가 햇볕도 잘 들고 따뜻해서 좋구먼요."

은행나무는 금실 좋은 노부부를 위해 폭신폭신한 보료를 깔아 놓았다. 그 모습을 보고 난 뒤 나는 양심의 가책을 느껴 플라스틱 화분에 갇힌 은행나무 분재를 아파트 화단으로 옮겨 심었다.

'이젠 마음대로 가지를 뻗으려무나. 거름도 넉넉하게 뿌려줄

게. 가끔은 빗소리에 창문을 열고 너를 바라볼게. 가실바람이 불면 달려가 사진 속에 정물로 박히고 싶다. 물이든 낙엽을 주워와 죄면하고 살았던 사람에게 긴 편지를 쓸게. 편지를 받아 든 친구가 찾아오면 어깨동무하고 소풍을 갈 거야.'

가을과 함께 너를 보낸다. 그동안 미안했었다. 잘 자라라.

닮고 싶은 나무

가판대 화원에 쪼그리고 앉는다. 화초들과 무릎맞춤하다 보면 인간에게 던 적 난 마음도, 지리멸렬한 일상도 가볍게 털어버린다. 엽록소의 푸른 유혹에 눈동자마저 한결 맑아진다. 입을 맞추듯 코끝으로 꽃 향을 흠흠 댄다. 그걸 놓칠세라 주인이 갖가지 꽃 자랑에 침이 마른다. 자식 자랑하는 어머니 같다. 애지중지 키우는 식물이니 그에게는 자식이나 마찬가지이다.

꽃들의 점방 앞에 앉으니 잎들이 살랑대며 애교를 부리는 것 같다. 베고니아 꽃은 꼭 조잘대는 손녀의 입술 같다. 시클라멘을 슬쩍 건드렸다. 오이와 미역을 총총 썰어 넣은 냉국을 마주하는 것 같았다. 살 듯 말 듯 망설이니 주인이 향이 좋다며 히아신스를 권했다. 차마 뿌리치지 못하고 흥정을 하고 말았다. 사람이 꽃보다 아름다운 건 마음[心]밭을 품고 있기 때문이 아닐까. 약간의 에누리 해주는 대신에 잘 키우라고 당부했다.

사랑으로 키우라는 부탁을 받은 터라, 햇살 잘 드는 창가에 두고 오며가며 "꽃"이란 시詩를 읊어주었다. 음치에 가까운 목소리가 가상했는지 며칠 사이에 꽃대가 올라왔다.

춘란과 오죽烏竹에서 변방의 선비를 만난다. 벽에 걸어둔 드라이플라워 묶음을 보면 오래전에 잊힌 지우知友가 떠오른다. 오종종하게 핀 봉숭아꽃은 가난 속에 부대끼며 살았던 형제들을 생각나게 만들었다.

천리향이 베란다 가득 암내처럼 향을 피운다. 양란의 자태는 양귀비처럼 화려해서 좋았다. 소엽풍란을 감상하다 해쑥을 넣고 수제비를 끓여 전화로 친구들을 불러 모았다. 꽃들의 재롱잔치는 한갓 눈요깃거리가 되었다.

오늘은 에둘러 걸었던 산책길에서 만나게 되었다. 식물도감에서 언뜻 본 기억이 떠올랐다. 자귀나무로 일명 합궁나무라고 부르기도 한다. 꽃잎이 은은한 게 여간 곱지 않았다. 하늘거리는 꽃술이 붓털처럼 가늘고 부드러웠다. 야리야리한 게 구슬을 꿰어 놓은 듯 귀티가 잘잘 흘렀다. 활엽 교목 중에 보기 드문 모양새를 갖추었다. 꽃을 떠받친 이파리는 양극과 음극처럼 저녁이면 서로에게 파고들었다. 침소로 드는 부부를 빗대어 '합궁'이라고 했을까. 은근슬쩍 질투가 났다. 청상과수 외며느리 질투하듯 기침起寢도 하지 않은 합궁나무 둥치를 마구잡이로 흔들어 버렸다.

깊이 있는 식물에 비해 인간은 얼마나 단순한 동물인가. 살다 보면 애틋했던 부부의 사랑도 떡잎처럼 변질될 때가 많았다. 묵언의 방정식이 가정의 평화라는 걸 깨닫지 못했다. '아름다운 오해로 시작하여 비참한 이해'로 살아가야 되는 게 결혼생활이라지만, 가끔은 이유 없는 족쇄가 될 때가 있었다. 서로 살아온 성장 과정이 다르듯 융화보다 거부를, 긍정보다 부정을. 사랑보다 '미움의 나무'를 키울 때가 많았다.

증오의 과식으로 탱자나무 울타리를 두르고 서로를 구속시키려 들었다. 다시는 안 볼 듯이 서로에게 모진 말로 상처를 주기도 한다. 합일은 고사하고 상대의 심중에다 유황불 붙인 화살촉을 날린다. 오래 묵힌 된장처럼 산다는 게 보통 인내를 요하는 게 아니었다.

어제는 돈전부라는 식물을 애첩처럼 들어앉혔다. 돈을 불러들인다 하여 금전부라고도 부른단다. 임도 보고 뽕도 따는 일석이조라니 믿거나 말거나, 기분은 좋았다.

식물을 가꾸려면 조금은 부지런해야 한다. 식물의 습성에 따라 물을 조절하고 분갈이는 물론, 가끔 영양제도 주어야 한다. 정성을 기울이다 보면 이파리엔 윤이 흐르고 보은報恩하듯 튼실한 꽃을 피운다.

나무를 가꾸듯 부부 사이도 마찬가지일 것이다. 불협화음보다 경쾌한 하모니를 이루는 연주자가 되어야만 한다. 그 음악회를 듣고, 관람하면서 새싹들이 자란다. 고단한 삶일지언정 서로에게 자양분으로 북을 돋우면 알찬 열매가 맺는 법이다. 흔히 유행

하는 말로 '내로남불*'이라지만 꽃과 로맨스는 즐길수록 신바람이
난다. 사람들 속에서도 꽃피우는 소리만 들렸으면 좋겠다.

* 내로남불: 내가 하면 로맨스, 남이 하면 불륜이라는 속어

가을 운동회

초등학교에 운동회가 열리는가보다. 스피커에서 개선행진곡이 흐르지 않았으면 평소 등교 시간쯤으로 여겼을 것이다. 언제부터일까. 가을에 열리던 운동회가 5월로 넘어와 버렸다. 오월이야말로 동심의 달이요, 스승의 은혜와 부모의 은공을 되새기는 달이니만큼 앞당겨 하는 것도 나쁘게 보이지는 않았다.

예전에 운동회가 있는 날은 마을 전체가 온통 축제 분위기로 들떴다. 명절에 버금가는 행사로 치러졌다고 해도 과언이 아니었다. 그 또한 세월의 변천사이니 누구 탓도 아니다. 의식주衣食住가 헐벗고 굶주린 시절이었으니, 라면이라도 끓여 드시지 그랬냐는 손자 녀석에게 무슨 말을 하리요.

"청군 이겨라! 백군 이겨라!"

그 소리를 따라 추억의 뒤안길로 잰걸음 치며 들어선다. 여전히 변하지 않은 건 개선문이었다. 청백으로 나뉘어 열심히 응원들을 해댄다. 응원단장이 깃발을 흔들며 아이들의 사기使氣를 부추긴다. 학생들의 숫자가 현저하게 줄어든 탓일까? 목소리가 우렁차지 못하다. 경기 종목마저 단출하고 협소했다. 따가운 햇살에 무료함을 느낀 아이들이 한두 명씩 가게로 몰려간다. 얼음과자가 시급하지 자기편의 승부에 집착하지도 않는다. 운동회는 짜증나는 체육시간에 불과했다.

아이들은 힘이 드는 운동보다 앉아서 즐기는 오락 게임이 더 재미있다. 마우스를 움직일 수만 있으면 돌배기도 컴퓨터를 다룬다. 손가락만 까딱이면 인터넷이란 전자 매체가 지구상에서 일어나는 정보들을 수시로 알려 준다.

성벽을 중심으로 적병들과 전쟁을 벌이는 스타크레프트, 리지니 게임은 음향 효과마저 기가 막힌다. 게임머니를 지불하면서도 막강한 군사력을 끌어모은다. 탱크를 앞세우고 적진을 향해 돌격하는 광경들은 구경만 하여도 덩달아 신이 난다. 그 흥미에 빠져들면 도박꾼 뺨치는 스릴을 느낀다.

내가 보아도 쏠쏠한 재미가 콩을 볶는데, 혼을 빼앗긴 어린이들이야 오죽하겠나. 물질의 풍요 속에 살고 있는 작금에 그까짓 공책 몇 권은 대수롭잖다. 그게 탐이 나서 애를 태우며 달리기에 매달리지도 않는다.

운동회에 별다른 흥미를 느끼지 못하는 것은 유독 아이들뿐만은 아니다. 각 학교의 정책 또한 마지못해 치르는 연례행사 같다. 몇 가지 종목만으로 반나절이면 운동회는 끝이 난다. 해가 거듭

될수록 흑백 사진이 바라듯 퇴색되어 버렸다.

　그나마 여전히 재미있는 건 손님 찾기다. 돌로 짓눌러 놓은 쪽지에 이름이 적힌 주인공은 대부분 지방유지有志들이다. 내빈석을 향해 달려 온 학생에 의해 호명되면 얼른 뛰어나가 손을 잡고 함께 달린다.

　아무리 불러도 끝내 주인공을 찾지 못한 아이는 눈물을 글썽이며 돌아선다. 그 모습이 애처로워 선생님이 대신 잡고 뛰어 주지만 결승테이프는 이미 걷힌 뒤였다.

　그 장면이 예전에 꼭 내 모습을 보는 것 같았다. 출발 신호와 함께 혼신의 힘을 다해 뛰어갔지만 종이 한 장만 달랑 남아 있었다. 자기 이름이 늦어지자 기다리다 못한 어촌계장이 바로 뛰어나왔다. 삼십대의 패기에 질질 끌려가 무사히 꼴찌로 골인했다. 이런 나의 무딘 운동 신경을 닮았는지 딸의 백 미터 달리기는 20분대를 훌쩍 넘긴다. 우리 모녀가 운동 잘해서 상賞을 받아 본 적은 없다. 언제나 등외로 밀려 연필 한 자루 아니면 공책 한 권을 배당 받았다. 그것도 감지덕지했다.

　역시 신바람 나는 건 점심시간을 알리는 오자미 터뜨리기다. 서로 상대편 바구니를 향해 모래주머니를 수없이 날린다. 거듭되는 타격에 의해 드디어 청군의 바구니가 터졌다.

　'農者天下地大本' 글귀가 꽃가루와 함께 눈처럼 펄럭인다. 저마다 마련해온 음식을 들고 삼삼오오 뿔뿔이 흩어진다. 나무 그늘에서 불고기 냄새가 풍긴다. 자장면이 배달되고, 패스트푸드점에서 피자와 통닭이 오토바이에 실려 온다.

멸치 볶음에 삶은 계란 두 개, 오다가가 쌀낟이 섞인 보리밥을 또래들과 어울려 부끄럽게 먹었다. 어머니가 없어서 힘이 나지 않았던 어린 날의 가을 운동회가 잊히지 않는다. 먹고 살기가 급급했던 어머니에게 그까짓 운동회는 안중에도 없었다. 투정부리는 딸에게 생선과 맞바꿔온 벌레 먹은 사과로 달래며 '내년에는 꼭, 가마.' 그렇게 선약을 했건만, 졸업할 때까지 그 말을 실천에 옮겼는지 기억이 없다.

운동회 때 하이라이트는 단연코 청백 릴레이 경주이다. 학급에서 차출된 선수 두 명씩을 세우고 경쟁을 한다. 엎치락뒤치락 선두가 바뀔 때마다 목이 터지도록 함성을 지른다. 달리기야말로 최고의 인기 종목이었고 흥미진진한 스릴 만점의 경기였다. 그해 운동회의 승패로 말미암아 일 년 내내 청백이 갈리었다.

그렇게 재미나던 운동회가 이제 서서히 사라져 가고 있다. 선생님들마저 몇 날 며칠을 두고 예행연습을 시키지도 않는다. 까딱 잘못하다가는 학부모 운영위원회에 회부는 물론이거니와, 교육청에 진정서가 들어가면 낭패를 당한다. 아이들 역시 흙먼지 뒤집어쓰지 않으려 한다. 물질 만능의 풍요는 정신적 절대 빈곤을 낳고 말았다. 사나흘 연습하고 오전이면 운동회는 끝이 난다. 가을에서 봄으로 이완된 운동회는 오월의 등나무 그늘 아래서 추억 속에 묻혀간다.

3부

휘어진 길이 더 아름답다

길이라고 모두 같은 게 아니다. 누구나 인생길만큼은 굽어진 길을 선택하려 하지 않는다. 어쩌면 평생 회피하고 싶은 길인지도 모른다. 곧은길만 달려온 사람은 휘어진 길의 생태를 알지 못한다. 굽은 길이 고행이란 걸 걸어본 사람만이 그 고통을 안다. 그러니 어떻게든 곧은길을 찾으러 애를 쓴다. 바쁜 세상에 굳이 굽은 길을 선택할 이유 또한 없다.

자동차에 내장된 기계조차 지름길을 안내해 주며 급한 성미를 부추긴다. 내처 달리다 굽어진 길을 만나게 되면 '무슨 길이 이 모양이냐'고 성질을 부린다. 그때부터 이미 달려온 길의 습성을 버려야 한다는 걸 알지 못한다. 양보와 배려의 마음은 누구는 교육을 통해, 누구는 가정에서 배웠을 것이다. 얼마만큼 실천을 하느냐가 중요하다.

두 갈래의 길이 주사위처럼 주어졌다. 길에도 부富와 빈貧이 존재했다. 당연히 손쉬운 길을 선택한다. 특성상 처음부터 곧은길이야말로 거침없이 내달리게 만든다. 무엇이든 그 앞에서 알짱거렸단 아작난다. 방해물은 결코 용납되지 않는다. 속도를 가늠하지 못한 미물은 한순간 로드길 당하고 만다. 반면 빈賓의 길은 초라하고 느리다. 곧은길이 해끔한 도시인의 얼굴이라면, 굽어진 길은 까무잡잡한 시골 농사꾼의 품새 같다.

누구는 운전도 습관이라고 말한다. 꽁무니에 불붙은 자동차 무리는 곧은길에서 경주하기를 즐긴다. 사활을 건 카레이싱 게임에 목숨이 담보되기도 한다. 그들이 재미삼아 벌이는 경쟁자들에게 느림은 거치적대는 방해물에 불과하다.

휴게소에서 잠시 쉬었다 다시 길을 찾아들었다. 굽어서 참 편안한 길이었다. 느림의 미학도 나름 즐길 만하다. 조급해할 이유도, 길이 험난하다고 나무랄 권한도 없다. 무심코 생긴 길은 없다고 했다. 땅이 자리를 내어주고, 누군가 앞서서 다져놓은 발자국을 따라 길은 만들어지고 밟혀서 단단하게 굳어간다. 그래서 길의 수명은 인간보다 영원할지도 모른다.

길은 굽어서 그 위용을 자랑한다. 십이령 고갯길의 초입이 그랬다. 활대장성 같은 금강송 군락지가 있어서 꼭 그렇다는 것만의 아니다. 기실 그 품격에 매료된 것만은 확실하다. 만고풍상을 겪은 등피는 소나무로써 만만찮게 관록이 붙었다. 인고의 세월을 보낸 어머니의 손등과 나란하면 어느 것이 우세승인지 가늠할 수 없다. 금강송은 안으로 나이테를 새겼고, 어머니 가슴 속엔 인두로 지진 자식의 흔적이 있기 때문이다.

바닷바람을 맞은 금강송이 인내를 담금질한 듯 붉은 몸피를 드러냈다. 어촌이든 산촌이든 그 고목 아래서 아이들은 꿈을 키워 나갔다. 나무 또한 아이들을 보며 더 넓은 그늘을 드리워 주었을 것이다.

불영계곡을 끼고 울진에서 영주 봉화로 이어지는 길로 들어섰다. 휘어짐의 미학을 알게 해주는 길이다. 붉은 등피의 금강송은 호리낭창한 몸매부터 달랐다. 스스로 가지치기를 해가며 정갈하게 뻗어 나갔다. 눈에 띄는 것은 모조리 금강송 군락지였다. 가로수도, 허름한 농가의 마당에까지 버티고 서서 그 위용을 자랑한다. 왕피천에서 아무렇게나 집어든 수석에도 솔 한그루가 박혀 있었다. 솔숲에 둥지를 튼 학의 군무마저 액자 속에 그려진 한 폭의 동양화 같았다.

굽은 길을 따라가면 보부상들이 넘었다는 십이령 고갯길이 나온다. 물상객주物商客主, 보행객주步行客主들이 해가 저물면 주막에 들려 하룻밤 기거한다. 한 많은 삶을 풍성한 이야기로 풀어내며 나그네들은 봉놋방에서 술잔을 기울였다.

나에게 이미 그 길은 오래전부터 익숙해진 길이었다. 걸음을 더디게 떼야만 사색을 즐기는 여유가 생긴다. 느리게 걷다 보면 당송팔대 시인들 못지않게 시가詩歌가 절로 나온다.

"잘못된 길이 지도를 만든다."는 격언처럼 인생 역시 두 갈래 길이 분명 있다. 세상은 금수저 물고 나온 사람과 흙수저 물고 나온 사람들로 구분되고 있다. 언제부터 밥숟갈 타령이 오물처럼 떠돌아다니는지, 흙 숟갈을 물린 부모들을 자식 앞에서 죄인처럼 만들어 버렸다.

곧은길이든 휘어진 길이든 어느 길을 가든, 처음부터 휘어진 인생은 없다. 길을 만들어 낸 것도 사람들이요, 울타리를 치는 것도 사람들이다. 인류 역사상 길 가지고 권세를 부리는 건 인간들만이 가진 이기심이다.

길을 떠난다는 것은 '나를 버리는 것'이자 나를 찾아가는 길'이라고 했다. 굽어진 길이 더 아름다운 건 어머니의 허리를 닮았기 때문이다.

보부상들은 내륙지방에 사는 사람들은 위해 미역과 소금을 지고 백두대간 동편을 넘었다. 앞서거니 뒤서거니 태백준령을 타고 십이령 깔딱 고갯길에 올라섰다. 짚신은 낡아 너덜해지고 허기에 배가 출출해졌다. 괴나리봇짐에서 고달픈 인생살이마저 튀어나왔다.

"가노 가노 언제 가노 열두 고개 언제 가노
시그라니* 우는 고개 내 고개를 언제 가노"

* 시그라니: 울진 지방 사투리로써 '억새'를 그렇게 부름

울진내성행상불망비는 보부상들의 대부였던 접장 정한조와 반수 천재만을 기리기 위해 세워두었다. 그 앞에서 합장하고 금강송 숲길로 들어가는 첫걸음을 내디뎠다.

애마*를 보내며

가슴 설레던 밤이었다. 발길이 분주한 삼거리 길에서 축하 파티를 열었다. 신문지에 올라앉은 돈우豚牛가 흐뭇한 미소를 짓는다. 초대받은 사람들이 그 콧구멍에다 지폐를 꽂으며 무사고를 기원한다.

제물은 보름달을 받아 더욱 환한 광채를 발산한다. 귀뚜라미가 소프라노 음으로 연가를 불렀다. 가을밤에 초대받은 객들이 술잔을 기울이며 유흥을 즐겼다. 그 사이 판매사원이 안주인이 먼저 시동을 걸라며 자동차 열쇠를 건넸다.

두근거리던 가슴을 진정시키며 차량의 심장에다 불을 지폈다. 명령만 내리면 어디든 달려갈 듯 엔진 소리는 우렁차고 경쾌했다.

그렇게 맺어진 15년을 함께했던 인연과 오늘, 아쉬운 작별을

* 애마: 愛車라는 뜻으로 표현

하려니 정든 임을 떠나보내듯 마음이 애절하다. 서로 희로애락喜怒哀樂을 나누었던 지난날들이 흑백사진으로, 때론 기록으로 남아 있는 한 오래도록 기억될 것이다.

내 집 가장家長이 발도 못 뻗고 살았던 셋방살이 시절이었다. 승용차를 가진 사람은 아주 특별한 계층으로 보였다. 연년생인 남매의 우유값에, 사글세 지불 날짜는 어이 그리도 자주 다가오는지, 하루만 늦어도 주인이 일숫돈 재촉하듯 닦달했다.

'말 타면 종을 앞세우고 싶다.'는 말이 옳았다. 생활의 변화로 주변에 열병처럼 운전면허 따기 열풍이 불기 시작했다. 은근히 시류에 편승하고 싶었다. 페미니즘 시대의 서막은 팡파르를 울릴 만큼 요란했다. 거리에는 차를 몰고 다니는 여자들이 다문다문 등장했다. 남자들이 여자운전사더러 '집에 가서 애들이나 봐라'는 비아냥거림도 많았다.

가랑비에 옷 젖는 줄 모르고 장기할부라는 말만 믿고 덜컥 계약을 하고 말았다. 그렇게 해서 애마와 첫만남을 가졌다. 내 앞에 온 그는 젊고 패기 넘치는 청년 같았다. 한순간 그와 사랑에 빠졌다. 손발을 착착 맞춰 전국을 누비고 다녔다. 봄에는 꽃구경, 가을에는 단풍구경, 세월 가는 줄 몰랐다. 화목한 가정의 삶이 어떤 것인지 가르쳐 주었다.

불혹에 만나서 함께하는 동안 어느덧 예순의 문턱에 섰다. 이제, 그와 이별을 고하려 한다. 지금까지 23만km를 달리며 주인에게 충성을 다했으니 더 이상 바랄 게 없다.

그대 4135여!

야속타 원망하지 마소. 오래도록 함께 하고 싶었지만 우리의 운명은 여기서 헤어져야 할 것 같소. 그대의 오장육부가 노화 현상으로 위험판정을 받았습니다. 기계 또한 사람 못지않게 오래 쓸수록 갖은 질병이 생기는 건 마찬가지겠지요. 여러 차례 부품도 교체했지만 예전만 못할 것 같아 그냥 보내기로 마음 다잡았습니다. 그동안 매정한 주인 밑에서 새경 없는 종노릇하느라고 고생 많았습니다.

세월 이기는 장사 없다는 게 우리를 두고 하는 소리 같습니다. 매초롬하던 몸매는 타인들의 뭇매에 망가졌고, 고왔던 피부는 해가 거듭될수록 색이 바래져 갔지요. 엄청난 주행거리가 그대의 나이를 실감케 만들었습니다. 그럴수록 오히려 저의 운전 실력은 향상되었습니다. 그 은공은 차마 잊지 못할 겁니다.

우리가 그동안 몹쓸 정이 한없이 들었던 모양입니다. 나의 삶과 함께한 숱한 애환들이 파노라마처럼 펼쳐집니다. 굽이굽이 열두 구비를 넘다가 하! 그 절경이 너무 가파르고 아름다워서 당신은 숨을 턱 멈춰버렸지요. 그 참에 쉬어 가기로 하고 막걸리 한 사발 거나하게 들이키고 '정선아리랑'을 한 곡조 불렀던 추억도 새롭습니다.

해거름에 무단횡단을 하던 여학생 때문에 간담이 써늘했던 적도 있었지요. 다행히 엉덩방아만 찧었기에 아무런 탈이 없었답니다. 딸을 연수시켰을 때 뒤통수를 가격당하고, 아들에게 운전을 가르쳤을 적엔 면상을 긁히고, 식구들의 기억 속에 아름다운 추억을 남겨 놓고 떠나는 당신에게 경의를 표합니다.

언제는 좋아죽겠다고 간肝도 빼줄 듯이 요란을 떨더니 사람은 이렇게 조석변동朝夕變動 하는가 봅니다. 우리 가족에게 한없는 기쁨을 안겨준 그대와 이제 이별을 하렵니다. 평생을 충직하게 봉사한 공로를 치하는 못할망정 목매기를 하고 폐기처분 하는 변절자를 부디 용서하십시오.

달구어진 심장이 어디 당신뿐일까요? 끌려가는 그대의 뒷모습을 바라보니 저의 심장에도 유황불이 치받아 오릅니다. 첫 사랑으로 만나서 있는 정 없는 정, 다 쏟아 부었던 그 기분을 어찌 말로 다 표현하리요?

이제 당신이 서운하게 생각해도 어쩔 수가 없습니다. 그대의 빈자리에 새로운 손님을 맞았습니다. 든든한 신형모델입니다. 집안 형편으로 따지자면 과분한 처사지만, 당신의 사랑에 맛 들인 자식들의 극성에 한 걸음 물러서고 말았습니다.

새 손님이 들으면 서운해할지 모르지만, 어디 첫정만 하겠습니까? 멋모르고 면허 따서 겁 없이 끌고 다니던 그대와의 첫정은 영원히 가슴 속에 남아 있을 겁니다.

아듀! 잘 가요, 4135여!

그대가 곁에 있어 15년 세월은 참으로 행복했습니다. 이제 다시 뜨겁게 재생되어 새로운 사랑을 만나서 또 다른 인연을 맺어 가십시오. 사랑했습니다. 그리고 행복했습니다.

수석, 그 오묘한 매력

태풍이 천지개벽할 듯이 훑고 갔다. 바람과 합세하여 장대비를 쏟아 부었다. 봄날 내내 만들어 놓은 밭두둑에 황톳물이 도랑을 내며 흘렀다. 오솔길마저 흔적 없이 사라졌다. 시누대로 묶어둔 고춧대가 힘없이 쓰러졌다. 토마토 얼굴이 벼락 맞아 수두를 앓았다. 애호박인들 견디랴. 남새밭에 심어둔 푸성귀마저 빠끔한 곳이 없다. 급물살에 휩쓸려 개구리마저 속절없이 떠내려갔다. 태풍의 낌새를 눈치챘는지 소금쟁이 무리만 감쪽같이 숨어 버렸다.

태풍은 분명 빅뉴스였다. 해일은 요란하게 자갈을 갈아엎을 태세였다. 거기에 기대를 걸고 있는 나 자신에 스스로 놀란다. 태풍 매미로 인해 전국이 물난리로 홍역을 치르고, 수해로 엄청난 재난피해와 이재민들이 속출했다. 그 판국에 호재라고 떠벌리니 머릿속은 돌石로 굳어져 버린 모양이었다. 그러잖아도 아둔한 머리에 그것까지 넣었으니 가벼울 리 만무하다.

날이 채 밝기는 전에 우의를 차려입고 잰걸음에 달려갔다. 바닷가에는 이미 도처에서 모여든 꾼들로 북새통을 이루고 있었다. 내 남 없이 모두 불치병이 단단히 들었다. 자원봉사를 나가도 사람이 모자랄 판국에 쾌재를 부르고 있다니, 재난 본부에서 알면 모조리 몰매감이다.

세상에 무슨 할 짓이 없어 돌에다 넋을 빼앗겼을까. "황금을 보기를 돌같이 하라"고 했거늘, 되레 돌이 황금알을 낳는 거위쯤으로 알고 있었다. 저마다 횡재를 꿈꾸며 눈에다 불잉걸을 달고 설쳐댄다. 돌무더기 앞에 걸신들린 사람처럼 그 대열에 끼어들었다. 여자 취미치고는 생뚱맞다는 듯 뭇 사내들의 시선이 따갑다.

파도가 집어삼킬 듯이 전력질주로 달려온다. 돌에 환장한 사람들의 함성이 파도 속으로 곤두박질친다. 밀려오는 물살이 만만찮다. 뜀박질이 조금만 늘려도 목숨이 위태롭다. 파도의 위력에 뒷덜미를 잡혔다 하면 수중귀신을 면치 못한다. 그 좋아하는 돌무덤에 스스로 묻히면 이만저만 망신을 당하는 게 아니다. 파도가 한 아름 밀려올 때마다 혼쭐난 아이처럼 벗겨진 신발을 주워들고 줄행랑을 쳤다. 누가 시키지도 않은 짓을 벌써 몇 시간째 파도와 실랑이를 해댄다.

'쏴아아~짜르륵' 거대한 물살이 자갈을 세차게 긁어내린다. '그래' 때론 너의 그 힘센 물살이 필요해. 바닷속을 뒤집어 플랑크톤을 재생시키면 한참 동안 물고기들의 먹이가 풍성할 거야. 여측이심如廁二心이라고, 허기를 채운 사람들이 아무렇게나 팽개쳐 버리는 쓰레기까지 모조리 끌고 오너라. 이왕에 온 김에 청소라도 말끔하게 해주고 갔으면 좋겠다.

억겁의 세월을 심해에서 수장당하며 지내던 돌들이 모질게 등 떠밀려 뭍으로 내동댕이쳐진다. 말끔하게 세수한 수석水石이 영롱하게 빛난다. 형태와 형상의 생채기는 파도에 의해 연마되어 마침내 바다가 순산한 보석으로 태어났다. 아마 첫사랑을 느꼈던 감정이 이랬을 거야. 신방도 차리고 흑단목黑檀木 신발도 새로 맞춤해서 신겨야겠다.

천만 년을 살 것도 아닌데 돌을 끌어모으는 고질병은 언제쯤 버려질까. 내 딴에는 취미로 긁어모았다지만 엄연히 따지면 자연 훼손이다. 어차피 나 떠나고 나면 어느 발길에 차여 애물단지가 될 텐데…… 어쩌자고 돌을 주워 모으는 일에 재미를 붙였는지, 시위를 하듯 돌들이 나를 향해 돌팔매질하며 달려들 것만 같다.

수석의 묵언에 가슴이 찍혀 책을 집어 든다. 선하품이 나오고 눈꺼풀이 맞붙는다. 그림이나 그릴까 하고 봉황을 흉내 냈더니 털 빠진 수탉이 탄생했다. 그것도 만족스럽지 못해 먹을 갈고 화선지를 펼친다. 일필휘지, 난을 쳤더니 에구머니나! 지렁이가 고물고물 기어가는 형상이 나왔다. 서화에는 소질이 없다는 게 이쯤에서 판명되었다.

하는 수 없이 진열해놓은 수석 앞에 다가선다. 그와 애무를 즐기는 게 가장 마음이 편하다. 매끈하게 손에 감기는 몸매에 정신까지 혼미해진다.

해송 아래 앉아 독서삼매에 빠진 선비가 「오우가」를 읊어준다. 가만히 용궁 속으로 들어가 본다.

"그때에 별주부가 용왕 전을 나와 토끼를 찾아 산을 오르는데 얼쑤!"

가만가만 토끼란 놈이 바위틈에서 고개를 빠끔히 내미는 게 아닌가. 저 놈을 어떻게 불러낸담. 살금살금 발자취 따라 산등성이를 넘어가 상수리나무를 한 번 흔들어 볼까나.

가을바람에 으악새는 하얀 머리를 산발같이 풀고 앉았다. 올해도 풍년이라고 보름달은 동산에 휘영청 걸렸다. 우주의 온갖 삼라만상이 아로새겨진 수석이야말로 신神이 빚어 내려놓은 지상의 예술품이다. 그 오묘함에 도취되어 나는 격렬한 오르가슴을 느낀다.

선본사저포기 禪本寺樗蒲記

시월 하현달이 동산에 걸려 있었다. 방만했던 만월을 절반쯤 덜어낸 모습이 오히려 평화롭게 보인다. 쪽 달을 쳐다보니 웃음이 나왔다. 쉰셋을 살고도 비우고 산다는 건 쉽지 않았다. 빚에 쫓겨 야반도주하듯 오솔길을 총총걸음 내달았다. 금방이라도 날짐승이 튀어오를 것 같아 등골이 오싹했다. 바지 밑단이 이슬에 흠뻑 젖어 있었다. 대구로 가는 첫차는 이미 시동을 걸어둔 상태였다. 목을 길게 뺀 친구들의 코끝이 유리창에 짓눌려 납작해 있었다.

"그렇게 영험이 있다나"

"글타 안 쿠나."

한 가지 소원은 이루어진다는 풍문을 익히 들어온 터였다. 처음에는 반신반의半信半疑했다. 친구따라 거름 지고 오일장에 따라나선 그런 기분이었다. 새벽 댓바람부터 섬에서 그렇게 뭍으로 나왔다.

팔공산 초입은 수많은 발길로 복작대고 있었다. 공양을 빌미로 성불成佛을 흥정하려 드는 대열에 끼어들었다. 고개를 젖히고 올려다보니 산정상은 까마득했다. 고행苦行을 감내해야만이 성불을 받는다나, 어쩐다나. 첫 길이라 그 길 밖에 없는 줄 알았다.

어깨에 멘 배낭이 자꾸만 잦바듬히 뒷짐을 졌다. 가풀막진 코스는 얼치기 불자에게 버거웠다. 절반도 오르지 못하고 등줄기에 땀이 무작정 흘러내렸다. 겨우 8부 능선쯤 올랐을라나. 눈앞에 별이 아른거리고 어지럼증까지 찾아왔다. 절반도 오르지 못하고 이쯤에서 쓰러지면 가십거리가 되기 십상이었다. 몽니 부리듯 했지만 깔딱 고개를 넘어서다 말고 기어이 주저앉고 말았다.

입안에서 단내가 풀풀 났다. 올라온 길을 되돌아 내려다보니 등선을 따라 오르는 무수한 행렬이 유목민들 같았다. 일상의 삶이 고난할 때는 최소한의 짐만 지고 유랑을 하는 집시 족들의 삶이 가끔 부럽기는 했다.

세속적인 인간이 추구하는 삶의 본질은 무엇일까. 나는 염세주의자도 아니면서 인생에 대해 잠시 묵념해 본다.

"삶이 본시 고행이니라."

머리에 넙적바위를 얹고 있다하여 일명 '갓바위 부처님'이라 불리워지는 관봉석조여래좌상이 선문답으로 후려치는 듯 했다. 삼천 배를 올려야 만이 겨우 실눈을 한 번 뜰까 말까 하는 게 여래불이라는데, 미천한 중생이 참으로 가당찮은 흥정을 하려 들었다. 팔공산 선본사 약사여래불과의 첫 대면은 그렇게 이루어졌다.

백미를 제단에 올리고 촛불을 켠 뒤 향을 피웠다.

'전해 들은 바, 선본사 갓바위 부처님께서 그렇게 영험이 있다면서요? 제가 오늘 여기에 온 목적은 말입니다. 딸내미가 이번에 대학을 들어갑니다. 그 여식은 칠성전에 기도를 올리고 얻었습니다. 그런데 가만 보면 무엇 하나 잘하는 게 없는 것 같습니다. 허나 어쩌겠습니까? 어렵게 얻었으니 나 몰라라 할 수도 없는 노릇입니다. 그러니 이번 참에 그 증거물을 어디 한 번 보여주시지요. 그래야 믿든지 말든지 할 게 아닙니까?'

나는 돌배기가 땡강을 부리듯 방석을 깔고 앉았다. 누구의 무릎에선가 관절뼈가 '우두둑' 꺾이는 마찰음이 들렸다. 함께한 일행의 동태를 곁눈질로 살폈더니 모두 바지런히 예불을 올리고 있었다. 삼천 배는 고사하고 나는 아직 백팔배도 채우지 못했다.

살다 보면 보고 싶지 않은 것도 보아야 하거늘 나의 한쪽 눈은 그것마저도 거부한다. 시력이 전무한 외눈박이 당달봉사나 다름없다. 나는 외눈의 부처로 혜안을 가진 석좌여래불상을 향해 머리를 조아린다.

수차례 반복되는 눈의 통증이 점점 고통으로 바뀌었다. 마치, 눈뿌리라도 뽑을 듯했다. 세상만사가 귀찮았다. 우선 나부터 살고 볼 일이었다. 새벽안개에 젖어 마음이 천근의 무게를 더했다.

야삼경이건만 팔공산은 밤이 없었다. 억겁으로 맺어진 천륜의 발길들이 유토피아를 꿈꾸며 계단을 오르고 또 오른다.

정한情恨의 세월을 보낸 부모 세대들은 어떻게든 자식만큼은 그들의 삶을 답습하길 원치 않는다. 일류만을 추구하는 엇나간 현실을 개탄하면서도 천륜을 쉽게 놓지 못한다. 나는 그들을 비켜서서 조용히 요사채로 내려왔다.

밤이면 쉼터로 제공되는 주방은 칸막이가 쳐져 있었다. 저편에서 처사의 코고는 소리가 고단한 삶의 애환을 풀어 놓는다. 노보살老菩薩은 초저녁부터 피곤에 지쳐 곤히 잠이 들었다.

구십 평생을 살아오면서 손에서 염주를 놓지 않았던, 어머님을 마지막으로 뵈었던 그 모습 그대로였다. 나는 양손을 가지런히 가슴께로 모으고 어머님 곁에 눕듯, 매고 간 가방을 베게 삼아 노보살 곁에 눕는다.

'부처님! 거듭 원하건대 정말로 영험하시다면 그 신통력을 제게 보여주십시오. 구만리 같은 자식 앞길도 중요하지만 우선 제 몸부터 온전해야 되지 않겠습니까. 오늘 저와 더불어 저포놀이를 한번 하십시다. 만약에 부처님이 이기시면 제 목숨이 살아있는 동안 팔공산을 꾸준하게 오를 것이고, 부처님이 패하시면 거짓부렁이 부처님이라고 소문을 내고 다닐 겁니다. 어떻게? 부처님이 먼저 한 수 두실 건가요?'

한갓 중생이 부처님을 회유하다 잠이 들었다. 찰나의 순간은 바로 그런 것일까. 발치께부터 불덩이가 치밀어 오르더니 명치끝에 맴돌았다. 심장에서 쇳물이 끓었다. 용오름으로 치솟던 불길이 눈동자를 도려내는 것 같았다. 정신이 번쩍 들었다.

구운몽에 등장하는 성진이 팔선녀를 희롱하다 꿈에서 깨어난 새벽 시간이었다. 분명 도술이었다. 그렇지 않고서야 몇십 년을 앓아온 고질병이 한순간에 완치된다는 건 불가능한 일이 아닌가! 그러나 분명한 건 저포놀이에서 내가 참패를 당했다는 사실만은 부인할 수 없었다.

그날 이후로 외눈박이의 고통은 말끔하게 치유되었다. 몸소 체험한 그 평화로움은 낯간지러운 간증 같아 오랜 세월을 두고 입을 다물고 살았다. 자식의 장래를 보장받으려고 올랐던 팔공산, 이러구러 십수 년의 세월이 흐르고 있다. 그때 부처님과의 약속으로 나는 착실한 불자가 되었다.

"엄마! 어디야?"

"응, 팔공산"

딸아이가 뉴질랜드 저녁 하늘에 쌍무지개가 피었다고 전하다.

봄바람 때문에

산을 넘고 내川를 건너서 부른 듯이 봄바람이 달려온다. 개나리, 매화, 목련을 흔들며 어서어서 꽃을 피우라고 호들갑을 떤다. 신神이 인간에게 내린 사계四季의 첫 번째 선물을 바람이 가져다준다. 심호흡으로 들이마신 O2의 상큼함에 머리가 맑아진다. 가끔은 고인 물처럼 반복되는 일상이 밋밋할 때는 바람을 쫓아다니고 싶기도 하다.

할리우드 명배우의 치맛자락을 한순간에 말아 올려 버린 것도 결국 환풍기에서 나온 바람의 짓이었다. 마릴린 먼로가 치마 끝을 부여잡고 머쓱하게 웃고 있는 모습도 우스꽝스럽지만, 그 바람의 위력은 영원불멸永遠不滅하여 그녀를 흠모하던 뭇 남성들의 눈을 지금까지도 즐겁게 해주고 있지 않은가.

바람은 청솔가지에 지어 놓은 새들의 가택까지 안전 점검을 하고, 나목裸木들을 뒤흔들어 가지들마다 싸움나게 만든다. 종횡무진縱橫無盡 휘젓는 것도 성에 차지 않으면 비와 야합하여 태풍으로 돌변한다. 천길만길 날뛰는 그 기세 앞에서는 인간이든 짐승이든 모조리 굴복을 당하고 만다.

그러나 좋을 때도 있다. 백해무익百害無益한 냉방기보다는 자연 바람이 그저 그만이다. 여름날 이팝나무 아래 펴놓은 평상平床에 모로 누우면, 이마를 스쳐 가는 높새바람이야말로 오수午睡를 한 껏 즐기게 만든다.

자연이 보낸 바람은 연서戀書이지만 사람들은 더러 혼탁한 바람을 일으키기도 한다. 남녀가 정분이 나는 춤바람, 그에 뒤질세라 부창부수夫唱婦隨의 맞바람, 학부모가 일으키는 치맛바람, 땅따먹기 투기바람. 벼슬길에 나서는 선거 바람, 한 번 나면 막지도 못한다는 늦바람. 거기다 조기 교육바람까지. 온통 바람 투전판이라 해도 과언이 아니다. 지구상에서 우리만큼 바람 잘 타는 민족은 아마 드물 것이다.

흙 속에서 생명이 고개를 내밀었다. 꽃무늬가 요란하게 프린팅된 패션 물결이 도시의 거리에 넘쳐났다. 즈음하여 나도 기어이 바람이 나고 말았다. 공연히 마음이 들뜨고 어디론가 자꾸만 떠나고 싶었다. 봄볕 비치는 창가에 기대서니 그냥 스쳐 가는 사람도 첫사랑처럼 보였다. 이제는 죽었다 깨어도 꿈꿀 수 없는 걸 한 번쯤 즐기고 싶었다. 지명知名에 바람 났다고 남들이 비아냥거려도 웃을 수 있을 것 같았다. 바람을 타지 않고는 도저히 마음이 가라앉질 않았다.

무작정 집을 나섰다. 바람이 매몰차게 앞섶을 헤집는다. 그 순간 실루엣 속에 비친 주연 배우가 된다. 그 여인의 가슴에 하염없이 꽃비가 내린다. 앞을 가로막고 젊은 연인이 서로 가볍게 포옹한다. 지나가 버린 여인의 젊은 날들이 그들의 등 뒤에서 낙화되어 떨어진다.

그렇게 춘삼월부터 봄바람을 마시고 다녀도 성에 차지 않았다. 섬에서 섬으로 들어갔다. 여객선 터미널에서 우연찮게 한 여인과 동행하게 되었다. 저이도 나처럼 봄바람에 홀려 거리로 나왔을까. 동변상련同病相憐의 동지를 만난 듯 선뜻 다가가 살갑게 말을 건넸다.

"할매도 매물도 가는기요?"

설마하니……. 주위를 두리번거려도 두 사람 외에는 아무도 없었다.

"혹시, 나더러 할머니……?"

그렇단다.

"아니, 이건 보자보자하니 누구더러 할머니래?"

은근슬쩍 부아가 치밀어 바투 붙어서서 따지고 들었다.

"손자 있으면 무조건 할매지, 암만. 위아래로 훑어보아도 딱 할매그마."

어절씨구, 한 수 더 보태서 면박을 주었다.

"이거! 왜 이래, 사람을 똑똑히 보라구. 아직 할머니 소리를 듣기에는 내 청춘이 아깝다구."

기죽지 않으려고 의기양양하게 선내船內에 올랐건만, 다리가 히뜩히뜩 곁놀았다. 외출에서 돌아와 진위를 고백했더니 저절씨구, 남편이 훈수를 더 멋지게 두었다.

"그 여자 우예 그래 족집게같이 잘 꼬집었노."

"시끄럽소! 고마. 봄바람 때문에 맛이 살짝 간 여자 같았다고요."

"딱! 맞네 뭐, 오히려 그런 사람이 더 순수하다는 걸 모르시나 보네. 할머니!"

"?"

족집게를 들고 거울 앞에 앉았다. 하얀 머리카락이 저 잘난 듯이 곳곳이 삐죽삐죽 내밀고 있었다. 홧김에 솎아낸다는 게 애꿎은 검은 머리카락만 뽑고 말았다. 그 잘난 봄바람 때문에……

단군의 후예

「이곳에 들어가려면 반드시 징을 세 번 두드리시오.」

그건 청학동 두류산 지신地神께 고하는 신문고였다. 쩌렁쩌렁하게 산이 울리도록 천지신명께 엄숙하게 올리는 제례봉축祭禮奉祝이었다. 그 통관 절차를 거쳐야 만이 무사히 출입이 가능한 하늘 아래 첫 동네라고 한다. 석 삼三 성인聖 집 궁宮자로 단군, 한웅, 한인. 말 그대로 세 성인을 모셨다는 지리산 자락의 삼성궁이었다.

안내 문구대로 징을 세 번 내리치자 홑바지 차림의 청년이 나타났다. 차림새로 보아 단번에 무예를 닦는 무술인임을 직감케 했다. 그의 뒤를 따라 겨우 한사람이 지나다닐 수 있는 문을 열고 들어가자 넓은 무예장武藝場이 펼쳐졌다.

그렇다고 완전하게 출입이 허용된 게 아니었다. 규율에 따라 의복을 두루마기로 갈아입어야만 참배를 할 수 있었다. 그날따라 간간이 흩뿌리는 는개 탓에 그 번잡스런 절차를 나는 밟지 않았다.

한민족의 원조元朝를 모셔 놓았다는 그곳의 가르침은 우리들에게 충忠 효孝 예禮를 일깨워 주는 산실産室이었다. 본시 뿌리 없는 나무가 존재할 수 없고, 근원 없는 강물이 있을 수 없듯이 인류의 역사가 있음에 그 겨레의 조상이 있는 것은 하늘이 정한 진리이리라.

"우리의 옛 조상들은 수두手痘라는 성역을 이루어 하늘에 제際 올리고, 땅에 고하는 정통 경전인 천부경天符經, 삼일신고三一申告, 참전계경參佺戒經,의 삼화경과 삼륜三輪, 오계五戒, 팔조八條, 구서九誓의 덕목을 가르쳤단다.

또한 수두에는 경당을 설치하여 국자랑國子郞들에게 충효신용인忠孝信勇仁 등 오상五常의 도를 가르치고 독서讀書, 습사習射, 치마馳馬, 예절禮節, 가악歌樂, 권박拳博 등 육예六藝를 연마시켰다.

옛 수두를 복원한 지금의 삼성궁은 배달민족 정통 도맥道脈인 선도의 맥을 지키며 신선도를 수행하는 민족 고유의 도량으로써 오늘날 잃어버린 우리의 위대한 얼과 뿌리를 천지화랑天指花郞의 정신을 바탕으로 홍익인간弘益人間, 이화세계理化世界를 실현한 민족 대화합의 장이다."

이렇듯 예를 겸비하여 무예를 갈고 닦으며, 정신 수양을 하는 곳이었다. 건립한 사람은 한풀선사라고 본래 성은 강姜씨, 본은 진주이며 청학동 출신으로 일천구백육십삼 년생이었다.

어느 날 선몽仙夢를 계시 받고 그곳을 택일하여 솟대를 세우고 세상의 모든 연을 뒤로 한 채 오직 한민족의 시조始祖인 단군을 섬기게 된다. 그러한 가운데 섣달 그믐밤은 한풀선사를 무명無明으로 엄습하고 지나간 뒤 밝은 기운으로 통하였단다.

그 순간 그에게는 선악善惡도 없어지고, 후박厚薄도 없어지고, 청탁淸濁도 사라졌다고 한다. 때 묻은 허물을 벗어 던진 그는 새벽녘에 봉황의 울음을 들으며 이렇게 노래하였다고 한다.

"하늘 위에 구름이 열렸는데

하늘은 어디에 열렸나

땅 위에는 나무가 심겼는데

땅은 어디에 심겼나

하늘과 땅 사이에 사람이 맺혔는데

사람은 어디에서 와서 어디로 가는가!"

서기 이천 이년으로 환산해보면 불과 환갑도 채 지나지 않은 나이다. 그런데 그가 선승 같은 깨달음을 받았다는 게 조금은 과장된 역사 같았다. 하지만 분명한 건 민족과 겨레를 사랑하여 후손에게 예를 가르치고 있다는 것은 부인할 수 없었다.

삼성궁은 선도 문화의 유래를 널리 갈파하는 한 민족 고유의 문화유산이었다. 해마다 춘삼월에 삼신제를 시작하여, 가을에는 단풍제와, 세계무술대회를 유치하여 배달민족의 후손임을 세계 각국에 알리고 있었다. 방문하던 날은 아쉽게도 세계 무술인 대회가 끝난 뒤였다. 곳곳에 남겨진 흔적들로 보아 그 행사가 성대하게 거행되었음을 알 수 있었다.

오솔길마다 돌탑을 쌓아 올리고 솟대를 세워 두었다. 흠 잡을 데 없이 잘 가꾸어 놓았다. 다른 종교 단체에서 보면 오인을 받을 만도 하겠지만, 면밀히 따져보면 효孝를 가르치고 있는 것만은 기정사실이었다. 하도 유별난 세상이라 누구를 옹호하는 발언은 삼가야 할 것 같다. 언젠가 단군 동상의 목을 분질렀다는 소리를 들은 적도 있었다.

종교란 자기 마음에 올바른 수양을 닦는 길이라고 생각한다. 너무 지나치면 화禍를 불러올 요지가 되고 등한시하여도 마음의 지주가 없어 허전하다.

'계란이 먼저냐? 닭이 먼저이냐'를 놓고 갑론을박을 따지면 끝이 없듯이, 우리 인간 또한 어디에서 왔는지 또 어디로 가는지 아무도 모른다. 조상이 하나님이면 어떻고 단군이면 어떠리. 나를 낳아 주고 길러 주신 부모님께 효도를 하면 그게 자연의 섭리를 따르는 일이요, 사람의 도리를 지키는 길이 아닐까.

부모님 돌아가신 후에 고대광실 같은 제실祭室을 지어놓고 불효를 뉘우친들 무슨 소용이 있을까? 살아생전에 걱정 끼치지 않고 잘 보살펴 드리는 게 효도하는 길인데, 그게 생각과는 달리 실천이 잘되지 않는다.

제 앞가름도 못하는 사람이 남의 제상祭床에 밤 놓아라, 대추 놓아라, 주제넘게 주절거리는 것 같아 얼굴이 화끈거린다. 열흘 가야 시어른께 전화 한 통 할까 말까 할 사람이……

거울에게 묻다

거울 앞에 앉는다. 현재의 나를 보는 게 아니라 과거의 모습을 찾고 있다. 작년이 다르고 올해가 틀리다는 걸 실감하지 못한다. 계절마다 찍어놓은 사진이 증거물을 제출하건만 여전히 청춘임을 고집한다.

볼살 붙은 얼굴엔 맨드라미 씨앗과 버섯까지 피어났다. 식용버섯이면 식음이나 가능하지, 검버섯은 추하기만 하다. 늙고 싶어서 늙는 사람이 어디 있을까마는, 세월이 주는 훈장을 솔직히 거부하고 싶다. 화장을 하고 멋을 부리면 조금은 젊게 보이지 않으려나? 이것저것을 베이스로 깔고 진득하게 파운데이션을 바른다. 하얗게 바르면 가부키 배우 같고, 색조화장을 짙게 하면 키메라처럼 보이지나 않을까. 머리카락을 인두질로 펴고 나니 그런대로 볼만했다.

화장발 효과에 스스로 도취되어 나르시시즘에 빠진다. 문득 '새들은 페루에 가서 죽는다.'라는 소설이 떠오른다. 그걸 빗대어 누가 그랬을까? '여자는 울면서도 거울을 본다.'고……

거울은 서로 어느 한 부분만을 마주하고 싶은 게 아니라, 평생을 마주할 수 없는 이질감과 불편함을 느낀다. 결코 자신의 얼굴을 들여다볼 수 없었던 메두사처럼 같은 몸을 공유하면서도 거울의 뒷면에는 전혀 다른 모습이 감추어져 있다. 나의 일면을 들여다 보는 동시에 그와 또 다른 이면을 찾으려 애를 쓴다.

예전에 그것이 같음과 동시에 다르기 때문이다. 시간이 지날수록 그 거리가 멀고 골이 깊어져 더 이상 한 공간에 있는 것조차 불가능하다는 것을 느낀다. 거울은 외향을 가꾸는 데 필요한 단순한 도구에 불과하지만 양면성을 가진 두 가지 삶을 비추기 때문이다.

언젠가 어느 유원지에서 뜻밖의 조각상을 본 일이 있다. 대리석으로 깎아 세운 조각에는 괴이하게도 지옥의 '열두 대왕'이라고 적혀 있었다. 마치 '인간에게 고함'이라는 경고성 메시지로 보였다. 무심코 지나치기에는 기록의 전문이 등골을 오싹하게 만들어 쉬이 떨어지지 않는 발길을 내딛으며 정독해 나갔다.

사람이 죽음을 맞게 되면 영靈과 육肉은 분리되어 영혼은 허공으로, 육신은 흙으로 스며든다. 또 다른 피안의 세계로 접어들면 열 명의 시왕을 만나게 되는데, 이승에서 지은 선업과 악업에 대해 심판을 받는단다. 시왕들은 임무에 충실하듯 인간을 벌하는 죄명을 일종요연하게 기록해 두었다. 죗값이 가벼운 게 어디 있으랴. 고통의 순간들은 고문이었다. 살아있든, 삶을 연명하고 있든 어느 쪽에서든 운명적으로 평가를 받는 모양이었다. 어떻게 하면 사후死後에 좋은 성적을 받을 것인가에 대해 이정표를 제시해주고 있었다.

제1전에 진광대왕부터 시작하여 오관, 평등을 거쳐 열 번째에 오도전륜대왕까지 이어졌다. 그 사람의 지나온 발자취를 빠짐없이 되돌려본다. 그리하여 이승을 하직한 지 일주일 만에 피안의 강을 건넌다. 49일째 되는 날 생에서 맺어진 모든 인연의 고리를 끊고, 선업과 악업의 경중에 따라 육도환생六道還生된다고 하였다.

우리가 흔히 말하는 염라대왕은 제5대왕에 속했다. 그는 유일하게 명경을 들고 앉아서 망자의 생애를 하나같이 비춰보고, 죄지은 자들을 관리하는 발설拔舌지옥을 관장한단다. 죽음의 말로는 곧 현재의 삶을 비추는 거울이었다.

가장 값진 죽음을 맞는 방법이란 기실 좋은 삶을 사는 것이리라. 아름다운 열매는 자비심에서 우러나온다. 자비심은 타인에 대한 연민과 사랑에서 나온다고 한다. 사방위四方位를 지키며 부처의 법을 지키는 수호신인 사천왕四天王의 후환이 두려워서가 아니라, 스스로의 삶을 성찰해보는 계기가 되었다.

이제, 5월의 실록을 자랑하던 청춘은 지나갔다. 단풍을 벗고 홀연히 나목으로 돌아갈 채비를 갖추어야 할 시즌이다. 화장을 하면서 뒤돌아본 내 삶의 거울에는 무엇이 비칠까?

'거울아, 거울아! 이 세상에서 누가 제일 예쁘니'라고 물어보면 당신이라는 대답을 들을 수 있는 바로 그런 삶을 살다 가는 것.

불가분의 관계

아침부터 집안은 부산했다. 어머니는 요란하게 솥뚜껑을 열었다 닫았다. 아버지는 수돗가에 앉아 낫을 갈았다. 물을 잘금잘금 뿌려가며 날을 세웠다. 잡초는 '사푼'하게 베어야 수월하다며 몇 번인가 손끝으로 확인했다. 낫날 끝이 까슬까슬한 모양이었다. 흡족한 듯 아래턱을 키질했다.

"사람이나 연장이나 날이 서야 말이지."

어머니가 머릿수건으로 검불을 털며 장지문을 나섰다. 평소에 본인이 사용하던 연장을 광주리 속에서 꺼내왔다. 당신 손톱마냥 무뎌진 호미로 들일을 하는 게 힘이 든다는 무언의 시위였을 것이다.

가만 보면 두 분이 농사일을 할 때 각기 다른 걸 사용했다. 아버지는 허리를 절반쯤 꺾고 풀을 베는 낫을 들고 나갔다. 어머니는 앉은 자리에서 땅파기에 맞춤한 호미를 사용했다. 서로 불가분의 관계인 양 농기구를 닮아 두 분의 허리마저 굽어 있었다.

이미 오일장은 시끌벅적했다. 난전에다 잡화를 펼쳐놓은 상인
은 파리와 모기를 잡으라며 손나팔을 불었다. 좀약과 나프탈렌
냄새가 역하게 풍겼다. 실농군들은 미전米廛을 펴놓고 한창 흥정
을 하고 있었다. 새벽부터 어장漁場막에 다녀온 갯가 사람들은 생
선을 이고 왔다. 물거리 맞춰 잡아온 생선들이 심해深海 속처럼 시
퍼렇다. 지나가는 손길마다 코발트색 고등어 몸매를 되작거렸다.

"벼르면 되제? 참말로 안 되는 기요?"

어머니는 광주리에 넣어온 호미를 꺼냈다. 한참을 들어다본 대
장장이는 차라리 새것으로 하나 사라고 권했다. 손때 묻은 게 아
쉬운 듯 아직은 쓸 만하다고 우겼다. 실랑이를 해보았자 소용없
었다. 하는 수 없이 속곳 속에서 지전을 꺼냈다.

호미는 불기운이 남아 뜨끈했다. 어머니의 발걸음은 이미 서숙
고랑을 지나고, 콩밭 두둑을 매고 있었다. 떼를 쓰고 따라간 장터
에서 나는 겨우 엿 한가락 얻어먹고 입술을 핥았다. 오일장 가면
그런 재미가 쏠쏠했었다.

닷새마다 즐겨 찾는 시장입구에 대장간이 있었다. 갈 적마다
보존이 잘된 유물을 본 듯하여 반가웠다. 대장장이는 반평생 너
머 한 풀무질에 허리가 굽어버렸다. 뼈는 굽었지만 쇠를 벼르는
솜씨만큼은 날카로웠다.

대장간에는 봉놋방을 찾아들 듯 노인들이 한두 사람씩 모여들었다. 겉으로는 사돈의 안부를 전하지만 기실은 모질게 시집살이하는 여식의 소식이 더 궁금하다. 딸을 자주 만날 수 없는 아비는 사교의 장에서 속내를 드러내며 손수건으로 눈물을 찍어냈다. 그 구석자리 어디쯤에 앉아 친구들과 막걸리 추렴을 했었을, 아버지의 환영幻影이 비추어졌다.

아버지의 흔적을 좇아 십수 년째 적산을 경작해온 터라, 끝이 무뎌진 호미를 들고 그곳을 찾아갔다. 기억 속에 남아 있는 추억이 또 하나 사라졌다. 대장간이 왜 없어졌는지 굳이 묻지도 않았다. 아니, 헤실바실 물을 수가 없었다. 상술이 밝은 상인이 그 자리를 차지하고 앉았다. 이 지역 특산물이라며 꿀빵을 맛보기로 뜯어 손에 쥐여 주었다. 워낙에 헤실헤실 되기에 서운함을 감추고 맛이 좋다고만 부추겼다.

정원엔 잡초가 무성했다. 여기까지 와서 호미를 찾다니…… 농부의 딸은 뼛속까지 인습因襲이 박혀 있었다. 깜부기를 뽑아 장난질을 할 때부터 익숙해진 버릇이었다. 몸과 마음은 이국땅에 가서도 습관을 버리지 못해 관성의 법칙처럼 움직였다.

"엄마! 여기는 그런 게 없어"

"호미가 없다니? 그럼 잡초를 어떻게 뽑누?"

그 나라 사람들은 쪼그리고 앉아서 하는 일이 서툴다고 했다.

그러고 보니 이웃집 노인이 장대 같은 키를 버쩍 세우고 매일 같이 기계로 잔디를 깎는 모습을 본 것 같았다.

아이를 재촉하여 마트로 갔다. 가게에 진열된 상품은 말 그대로 우리의 것인 신토불이身土不二 물품이 많았다. 그중에서 눈을 반짝 뜨게 만든 건 가시버시처럼 나란히 놓인 호미와 낫이었다. 가시버시처럼 나란히 놓인 호미와 낫을 찾아냈다. 주인은 단박에 민족애를 느끼는 얼굴이었다. 음식뿐만 아니라, 농기구에도 우리 것이 있다며 에누리까지 서슴지 않았다.

"호미도 날이지마는

낫같이 들을 리도 없습니다."

고려 가요에조차도 호미와 낫을 부모님의 사랑과 비유했다. 아버지는 다른 잡초가 넘보지 못하도록 낫으로 검불을 제거했고, 어머니는 쭉정이 곡식이 되지 않도록 호미로 북을 튼실하게 돋워 주었다.

이제 그분들은 떠나고 없다. 쇠 꽃처럼 녹이 슨 호미를 들고 밭이랑에 앉았다. 집집마다 보리 풋바심을 덖던 연기도, 궐련초를 말아 피우던 아버지의 헛기침 소리도 아슴푸레하다. 한 시절 하! 그런 세상이 있었다. 달짝지근한 꿀빵을 한 입 베어 물어도 껄끄럽던 보리밥만 못했다.

김삿갓 방랑기

김삿갓 생태계 조사를 떠날 채비를 갖춘다. 아내에게 며칠 동안 사용할 필수품을 요구했다가 볼 찬 소리만 들었다. 풍광이 수려하고 산세가 **빼어난** 계곡마다 깔린 게 음식점이요, 널린 게 숙박업소다. 그 한 몸 먹고 뉘일 자리 없을까. 무슨 보따리 행상 나가느냐고 벌겋게 달려들었다.

본전도 못 찾고 무안해진 김삿갓 '뭐, 저런 마누라가 다 있누'라는 듯 멀뚱한 표정만 짓는다. 아내의 잔소리는 날이 갈수록 심각한 수위에 도달했다. 어느 사람은 강제로 옷 벗고 나왔건만 '인간답게 살자'라는 슬로건에 주 5일 근무제로 바뀐 것도 아내의 불만을 부추긴 모양이었다.

구시렁대는 것도 성에 차지 않는지 공연히 '강나루, 언덕바지에 좌정坐定한 모텔에다 화살촉을 겨누었다. 부도수표처럼 난개발되는 '저게' 바이러스 세균의 서식처라며 눈을 흘겼다. 우후죽순처럼 늘어나는 건물에 대해 순진한 우리의 김삿갓은 잘 모른다.

저마다 무소불위인 게 사람의 취향이거늘. 손목을 잡아 묶어도 도박을 하고, 그에 미치면 조강지처糟糠之妻도 쉽게 갈아 채운다. 그러다 매스컴에 현장을 습격당하고 윗옷을 뒤집어 씌고 끌려 나오는 모습이 꼴불견이었다. 모텔이 가족끼리 오붓하게 보내는 힐링 공간이 결코 아니었다니. 우리의 김삿갓마저 덤터기 씌워진 채 잔소리만 잔득 듣고 대문을 박차고 나왔다. 성질 난 김에 분풀이 할 곳은 없고 발길에 채는 돌부리만 냅다 걷어찼다.

우리의 김삿갓 배가 출출하여 어느 음식점에 들어갔다. 아낙의 손끝에서 지지고 볶고, 무치고 튀긴, 반찬이 한상 그득하다. 북에 있는 옥분이 누님은 배급이나 제대로 받아먹는지, 초근목피로 풍산노숙하다 홍진바람에 부황 들어 단명한 만득이 생각에 목이 메인다. 음식이 넘쳐 나서 우리가 먹지 않고 버리는 게 연간 몇 조 원이라던가?

"형님! 여기도 없시오."

난데없이 주인이 머리를 조아리며 손사래를 친다. 상전으로 모시는 우두머리에게서 걸려온 전화인지 허리까지 구십 도로 꺾었다. 지체가 몹시 높으신 위인 같아 보였다.

김삿갓, 부지런히 수저질을 하는데, 귀를 거슬리게 만드는 소리에 음식이 제대로 넘어가지 않았다.

"강남 갔다 강북에서 얼어 죽었는지, 우리 집 처마 끝에 가택을 지어 식솔을 거느린 지도 까마득하구먼요. GNP가 이만 불 시대인데 나, 밥 먹고 살만하니 내 걱정은 허지 마시오."

뜬금없이 무슨 말인지 김삿갓 통 말귀를 알아듣질 못했다. 맹자가 한번 먹고 싶어했던 곰 발바닥 요리는 맛있어서가 아니라, 기 철학에 의한 환상이었다. 중국의 미식가 임금 남송南宋의 고종이 즐겼다던 천하진품 184종의 요리에도 곰 발바닥 요리는 없었다고 한다.

요즈음 중국 선양에 곰 발바닥 시장이 서는데 그걸 찾는 손님 대다수가 한민족 후손들이 북적댄단다. 거기서 중간 상인 노릇을 하는 형님에게 곰 발바닥 구매를 의뢰한 모양이었다. 김삿갓, 먹은 음식이 되레 목구멍을 넘어오는 것 같아 수저를 탁 놓고 나와 버렸다.

김삿갓, 담배 한 대 피워 물고 바위에 걸터앉았다. 건장한 남자 서넛이 산에 오른다. 만산홍엽의 단풍 절경도 구경할 겸 뒤를 따랐다. 그들이 곡괭이로 돌을 뒤적거렸다. 고분을 발굴하는 탐사 팀인 줄 알았더니 에구머니나! 그게 아니었다. 무주공산無主空山에 돌을 비집고 동면에 좌상座上한 개구리 댁을 습격하여 일망타진을 하는 게 아닌가!

에끼! 여보쇼, 말 못하는 짐승이라고…… 금수보다 못한 사람들 같으니라고. 정력에 좋다면 무엇이든지 잡아먹고 흉물스런 몰골로 바뀌면 어쩌려고 그런 몹쓸 짓을 하는고? 김삿갓 죽장竹匠에 삿갓 쓰고/ 방랑 천릿길/ 흥얼흥얼 노래를 부르며 산비알을 내려

오다가 승용차에 치일 뻔했다.

"이놈의 영감 뒤질라고 환장을 했나?"

자식보다 어린 녀석이 두 눈을 부라리며 삿대질을 한다. 효孝가 말살된 우리의 정신문화는 지금 어디로 가고 있는가?

이래저래 재수 옴 붙은 날, 한려해상국립공원인 섬에 발길이 닿았다. 빼어난 자연 경관이 일색이라! 김삿갓 둘도 없는 그의 벗, 김선달에게 전화를 걸었다. 부리나케 달려온 그가 이곳 모습이 예전만 못하다고 탄식을 한다.

개발이란 미명 아래 무절제하게 고층아파트가 증축되었다. 풍광이 뛰어난 곳마다 굴삭기가 깎아 내리고 있었다. 김삿갓 삼발이 위에 앉아 멍하니 바다만 바라본다.

김삿갓이 전국을 돌며 조사를 끝낸 논문에는 이렇게 기록되어 있었다.

'자연이 파괴되면 인간은 정서적 불안에 휩싸이게 되고, 그로 인하여 심각한 정신 지체를 앓게 된다. 자연은 인간만이 공유하는 전유물이 아니다.'

언제부터인가 우리 주변에는 봄의 전령인 나비, 개구리, 제비, 종달새가 자취를 감추어 가고 있다. 생태계가 파괴되면 우리 인간도 결코 살아남지 못한다는 것을 되새겨 볼 일이다.

생태계 보고서에 제출된 그의 논문을 인용한 조회 수가 기하급수적으로 늘어났다.

내연의 관계

당의정 입힌 유혹의 첫맛은 달콤했다. 충분히 사랑할만한 대상이었다. 달콤한 맛에 속아 속절없이 끌려다녔다. 삼겹살, 인절미, 치킨, 족발, 그 외의 음식을 열거하기엔 숨이 가쁘다. 마트에 가면 초콜릿, 알사탕, 초코파이 등 무지개 색깔로 포장된 과자봉지들이 유혹의 눈짓을 보낸다. 배곯았던 유년시절을 벌충이라도 하려는 듯 군입거리에 침을 흘린다.

아낙네 못된 거 주전부리한다고, 내가 하는 짓이 꼭 애들 같다. 지방층이 쌓여 허리둘레가 평수를 넓혀가건만 안중에도 없다. 전신 거울에 비친 알파벳 H형의 몸매를 "번연히 보면서도 새 바지에 똥 싼다."는 격이다.

어쩌다 이 나이에 타인의 시선을 인식하지 않았을까. 몸피가 늘어나니 거름걸이가 오리마냥 뒤뚱거린다. 여간 낯부끄러운 짓이 아니다.

군살은 애당초 조강지처糟糠之妻로 눌러앉은 것도 아니었다. 스스로 식탐을 자제하지 못해 땟거리 부족한 집안에 식솔들만 늘려놓은 꼴이었다. 이미 엎질러진 물을 무슨 힘으로 쓸어 담을까. 새벽바람을 가르며 열심히 운동을 해도 안면 튼 사람들이 먼저 덕담을 건넸다.

"사랑을 하는가 봐요? 얼굴이 좋아 보이십니다."

비참하게 달갑잖은 인사다. 쳇, 무슨 악담이야……

조금만 걸어도 심장이 무리하게 펌프질을 해댄다. 초로初老에 이 무슨 볼썽사나운 짓이란 말인가. 웨이스트라인waistline 24사이즈를 넘지 말았어야 했었다. 그 선은 분명 내연의 관계 라인line이었다. 불륜임에도 마음 다잡지 못한 게 철천지한이 되었다.

그런데도 산해진미山海珍味의 유혹에 군침을 살살 흘린다. 나이 들면 입맛도 변한다는 데, 도리어 마른 솔가지를 태우듯 식탐이 갈바람을 탄다. 하루가 다르게 체중계의 눈금이 뜀틀 뛰듯이 단번에 뛰어넘었다.

급기야 체중을 감량하기 위해 극단의 조치가 필요했다. 밤을 낮 삼아 뛰고 달렸다. 피가 거꾸로 솟는 물구나무까지 섰다. 그 짓도 소용없었다. '동작 그만'을 요하는 뇌腦와 입맛은 서로 상극으로 치달았다. 먹는 음식마다 달짝지근하니 혀끝은 '행복'을 열창했다. 오장육부는 힘들었지만 음식물은 포만감과 어깨동무를 하고 시도 때도 없이 잠을 몰고 왔다. 피하지방 분포는 복부에 주리를 틀고 앉아 삼겹살도 부족해 오겹살로 층을 이룬다. 그게 중년여인들이 가장 스트레스를 받는 아킬레스건이다. 늘어나는 허리둘레에다 팔뚝은 스모선수를 능가한다. 이쯤 되면 합병증은 뻔하다. 무게하중을 견디지 못해 무릎이 만성관절염에 시달리고 결국엔 의사가 내려준 콜레스테롤 '위험수치'라는 처방전을 받아든다.

송나라 학자 주신중主新中의 인생 오계론五計論에 이런 내용이 있다고 한다. 즉, "생계生計, 신계身計, 가계家計, 노계老計, 사계四季의 영향을 받은 오멸五滅이라는 노후 인생철학을 염두에 두었는데, 그 첫 번째 사항이 삶에 미련을 잡아두는 재물을 극소화해야 죽음이 편안해진다는 멸재滅財다.

그 두 번째는 남에게 산 크고 작은 원한을 풀어버리라는 멸원滅怨이요. 셋은 멸채滅債로 남에게 물질적·정신적 부채의 청산이다. 넷이 멸정滅情으로 정든 사람, 정든 물건과 인연을 끊을 것이며, 그 다섯째가 죽어서도 산다는 멸망滅亡이란다."

이중 다섯 번째 사항은 죽은 사람이 밥 얻어먹으러 오는 기제忌祭날이다. 나도 자식을 두었으니 배곯지 않을 귀신이 분명하거늘 환장할 입맛은 그걸 모른다.

'딱' 오늘만 마음껏 먹고 내일부터 시작하자. 이제는 식사량을 줄여야지. 인스턴트식품과는 영원히 헤어져야지, 그러면서도 입안엔 당의정을 바르고 밥상에 붙어 앉아 주접을 떨고 있다. 자고

새면 수천 번 다짐을 하건만 입맛과 비곗살은 내연의 관계인 양 붙어 떨어지질 않는다.

늙음의 징표가 주름살에 극한 되는 것만 아니라, 솔직히 여기 저기 나잇살이 붙었다. 어떤 구실을 갖다 붙일지언정 타인의 시선은 사실에 근거하기 마련이다.

이제 흑백 사진 속에 여자는 간 곳이 없다. 대신 그 자리엔 만삭의 임산부가 차지하고 앉았다. 기실 몸피 굵은 노파가 되더라도 얼굴만큼은 후덕한 인상을 가졌으면 좋겠다. 가을볕에 나앉아 있으면 지나가는 사람들이 조곤조곤 말이라도 건네고 가면 외롭지 않을 것 같다.

기필코 무슨 일이 있어도 내 나이를 앞질러 버린 체중계의 눈금을 반드시 유턴시키고야 말리라.

"무얼요, 굶어도 살이 통통 올라붙어요."

세 치 혀는 음식을 부수느라 여전히 분주하다.

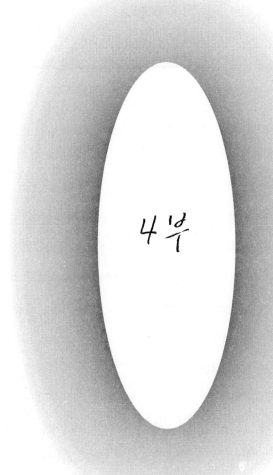

4부

발효가 되는 시간

햇살이 정치망 그물 더미에 걸려 갑판 위에 쌓여있다. 바닷물이 슬렁슬렁 내뺀 자리에 보석이 드러났다. 가만 보니 잡힌 건 햇살이 아니라, 은빛 멸치 떼였다. 그물코마다 코를 매단 채 볕을 쬐고 누웠다. 그물망에 포박당해 부두로 들어온 멸치 때깔이 별빛처럼 빛난다. 꼭 에메랄드 보석 같다. 작은 몸매치고 그처럼 빛나는 생선이 또 어디 있는가.

"에라차찻 에라차찻."

잘못 들으며 욕지기 같고, 귀에 담으면 한恨의 소리로 들린다. 내 귀는 오래전부터 그 소리에 익숙해져 있다. 선원들은 구령에 맞추어 그물을 털어낸다. 가락도 맞추고, 동작 또한 한결같다.

멸치배가 들어오면 선창이 가장 소란스러워진다. 그물을 털어낼 때마다 멸치 떼가 벼룩처럼 튀어 오른다. 아낙들이 후미로 날아오는 멸치 이삭을 줍느라 부산스럽다. 비늘을 뒤집어쓴 얼굴에 스티커가 무수히 붙어있다. 햇빛을 받아 별처럼 반짝거린다.

인심 후한 아저씨가 보다 못해 슬쩍 한 삽 퍼주기도 한다. 멸치 속에 꼴뚜기도 다문다문 보인다. 고것을 삶아 먹는 재미도 꽤나 좋다. 입안에 툭, 터지는 먹물이 들쩍지근하다.

나이든 어부는 이제 멸치 터는 것조차도 힘에 부친다. 가장家長이었기에 어깨에 걸머멘 생의 무게가 부채負債처럼 무거웠다. 그 짐을 털어내듯 노동요를 목청껏 부른다. 가끔은 멸치 떼처럼 부딪기면 살았던 도시 생활이 그립기도 하다. 그러나 어촌으로 내려와 멸치를 마음껏 먹이며 자식들을 키워냈다. 그 삶에 후회는 없다. 멸치처럼 가늘었던 뼈대를 튼튼하게 만들어 대명천지에 내놓았다. 그것으로 어부라는 직업에 족하며 살았다.

"시간이 지나면 부패되는 음식이 있고, 시간이 지나면 발효되는 음식이 있다." 곰삭은 멸치 젓갈이야말로 발효음식 중에 으뜸이라 할 수 있다. 김치만 봐도 그렇다. 한국인 밥상에서 김치가 빠지면 어딘가 허전해 보인다. 그걸 먹지 않으면 입안이 개운치 않다. 고유의 음식 중에 김치와 젓갈, 두 가지 발효음식이야말로 찰떡궁합이다.

"체구가 작다고 무시하지 마라. 또한 난쟁이라고 짓누르지도 마소. 비록 작게 태어났지만, 그래도 뼈대 있는 가문에서 태어났다오. 가문마다 풍습마다 다르듯 우리네 집안 내력도 염연히 서열이란 게 있소. 서로 종친宗親 관계지만 하는 일도 다르고 사용하는 용도에 따라 다릅니다. 맏형인 '오주바(대멸)'부터 작은형 고주바, 고바기어리(중멸, 소멸)까지 위계질서가 분명합니다. 사람들이 니들이 자라봐야 고래가 되지 않는다고 얕보지만, '칼슘'이란 영양소가 풍부하여 사람들의 건강에 지대한 공헌을 하지 않습니까?"

간수 물에 삶겨 허리가 꼬부라진 멸치의 변辯을 듣고 보니 틀린 말도 아니다. '새멸'은 견과류를 넣고 볶으면 도시락 반찬용으로 제격이다. '자멸'은 꽈리고추를 넣고 프라이팬에 살살 볶아 식탁에 올리면 매큼한 맛이 밥반찬으로 한 몫 톡톡히 해낸다.

대들보 격인 '대멸'을 다시마 대파, 조선무를 넣고 폭 고아 낸 육수는 그 맛이 일품이다. 잔칫집에 국수가 빠지면 무슨 재미가 있을꼬. 갖은 고명을 올리고 넘치도록 육수를 부으면 한 그릇 가득 바다가 담기는 것 같다. 전통혼례식장에서 국수를 얻어먹지 않고 돌아서면 어딘가 모르게 서운해진다. 그래서 나는 '비 오는 날 국수를 먹는 모임'을 참 좋아한다.

비록 가느다란 뼈대로 태어났지만 아이들의 뼈를 튼튼하게 만들어주니 이만하면 최고의 명문어문가名文漁門家라는 칭호를 붙여주어도 좋지 않을까?

발효가 되는 시간은 멸치에게만 있는 게 아니라, 나의 삶에서도 그런 시간이 필요했었다.

흙, 그 유순함에 대하여(1)

흙을 빗물에 씻어 앙금을 가라앉힌다. 어쩜 한 톨의 미微도 걸리지 않을까. 곱게 찧은 쌀가루다. 손끝에 감기는 말캉한 촉감이 그저 그만이다. 세 살 배기 흙장난하듯 조몰락댄다. 한때는 풍만했던 늙은 어미의 빈 젖무덤을 만져 보는 것 같았다. 알맹이만 빼먹고 쭉정이만 남기고 자식들은 떠나 버렸다. 말랑하고 따뜻했던 그 체온을 이제 어디 가서 느껴볼까.

"아이고, 무서워라! 나는 죽어도 불덩이 속에는 들어가지 않을란다."

그 말이 어머니의 유언이었다. 누구 맘대로? 조선조 여인은 주검까지도 지아비를 따라야만 했다. 영원불변하던 그 원칙을 깰 수가 없었다. 흙고물로 분바르고 살았건만 마지막 생의 뒤편엔 한 평의 땅조차 차지하지 못했다. 먼저 떠난 남편이 흙을 버리고 불을 선택했기 때문이었다.

"화전놀이를 갔는데 글쎄, 아이고! 세상천지에 여자들이……."

속없는 양반 같으니라고……. 꽹과리 잘 치고 장구 잘 두들기던 칠순이 엄마를 좀 닮지. 술 잘 마시고 담배 꼬나물던 박첨지 영감 흉내를 단 한 번만이라도 따라 해보았으면…….

"너는 이 어미를 닮지 마라."

그 말에 어깃장을 놓듯 나는 술을 배웠고, 화투장도 알았다.

어머니는 가로 늦게 어디서 민화투를 배워와 나더러 10원짜리 내기를 하자고 졸랐다. 나는 그건 재미가 없다고 고스톱을 치자고 했었다. 소갈머리 없게 셈법을 모르는 어머니를 놀린 게 후회스럽다. 그냥 못 이기는 척 한 번만이라도 같이 게임을 해줄걸…… 지금 계신다면 어머니와 함께 밤새도록 화투놀이를 즐기고 싶다.

한산모시 수의壽衣를 입혀 보내드렸던가. 아닌 것 같다. 삼베 고의적삼이라도 빳빳하게 풀 먹여 다림질해 드렸던가. 그것마저도 효도하지 못했다. 열아홉에 시집오던 날 입었던 옥색 한복을 입혀드리고 하현달과 함께 떠나보냈다.

왜소한 체격의 남자는 어깨가 다소 굽었다. 후줄근한 바지 아래로 흙먼지가 살비듬처럼 풀풀 날렸다. 흙을 떠나면 죽는 줄 알았을까. 식구들 입안에 버캐가 끼일까 봐, 한시도 흙을 떠나지 못하던 남자. 내 것 없으면 곱다시 앉아서 굶어 죽었을 사람이었다. 융통성이라고는 약에 쓸려고 해도 찾을 수 없었다.

질리지도 지겹지도 않았을까. 흙을 껴안고 평생을 뒹굴던 그의 손톱 밑은 언제나 흙 때가 끼어 있었다. 가난한 가장家長을 수치스럽게 생각하던 소녀의 석탄 같았던 검은 속을 그는 알기나 하였던가.

아버지는 날마다 자갈을 추려내어 돌탑을 쌓았다. 세상을 등진 고독의 등불을 올렸던가. 어머니가 자식을 위해 헌신한다면, 가족들에게 부양의 의무를 책임졌던 건 아버지였다. 하루 스물다섯 시간을 준다고 한들 스스로 게으른 부권父權을 용납하지 않았다.

허나, 탓할 일도 아니다. 천성적으로 바지런한 덕분으로 집안을 윤택하게 만들었다. 적산은 하루가 다르게 형질 변경되었고, 공들인 만큼 배신하지 않았다. 날마다 지게질한 어깨에 옥토를 선물했다.

"올해는 뒤주를 좀 더 크게 만들어야겠다."

소녀는 물꼬에 앉아 미꾸리를 잡느라고 정신을 놓고 있었다.

어머니는 흙에서 키워 낸 곡식으로 농주를 빚었다. 목구멍을 타고 차진 흙처럼 매끈하게 넘어갔던 모양이었다. 김치로 입가심하던 트림소리에 놀라 산 꿩이 날아올랐다. 사시사철 흙먼지 뒤집어 쓰고 살던 남자에게 막걸리는 지친 육신에 힘을 보탰다. 워낙에 흙을 삼켜서 흙을 닮았던가. 성격이 온유했던 나의 아버지.

차갑고 미끈한 물체가 발목을 친친 감돌았다. 소름 끼치는 차가운 촉감이었다. 비늘을 세운 능구렁이를 내치지 못해 진땀을 흘리고 있었다. 살려달라는 비명은 입안에서만 맴돌 뿐이었다. 옆지기를 불러야 될 처지에 난데없이 아버지를 부른 건 또 무슨 변괴란 말인가. 꿈이 그랬다. 꿈속에서 아버지를 만나는 날은 온 종일 흙바닥을 뒹굴고 싶어진다.

밭둑에 앉아 담배라도 한 대 피워 물어야 아린 속이 날아갈까. 논두렁에 앉아 텁텁한 막걸리라도 한 사발 들이키면 그를 향한 그리움이 씻겨 내릴까. 할 수 있는 일이라고는, 가진 재능이라고 는, 두더지처럼 땅 파는 것밖에 몰랐다. 한숨을 섞어 씨앗을 뿌리 고, 그 종묘가 움을 틔워 열매를 맺음으로 몸서리났던 가난도 그 쯤에서 막을 내렸는지 기억이 희미하다.

우직하리만치 바보스러웠던 그를 나는 결단코 닮고 싶지 않 았다. 발자취의 그림자도 밟지 않을 거라고 맹세했건만, 어느 사 이에 흥보면서 닮아 버렸다. 적산을 일구는 남편의 뒷모습에서 환생 된 아버지를 만난다.

"이 나무에 감이 열리면 손자들이 좋아라 하겠지?"

장독대 곁에 심어놓은 감나무에 그리움의 열매가 주렁주렁 매 달렸다. 나락은 차지게 여물었고, 고구마는 주먹만 한 게 열렸다. 풀잎에 '쓱쓱' 문질러 먹어도 좋을 만큼 무는 아삭한 단물이 씹 혔다. 이만하면 올 농사는 풍작이다. 흙만큼 진실한 게 또 어디 있던가? 무녀巫女라도 불러와 고사告祀라도 지내야겠다.

흙이 진실하다는 것을 어느 시인의 말처럼 '지금 아는 것을 그 때만 알았더라면' 농사꾼이었던 부모님을 결코 부끄러워하지 않았을 것이다. 비록 학문에는 밝지 않았지만 흙에 대한 진실은 일러주었다. 그 삶들이 하! 애잔하고 쓸쓸하여 이 가을에는 눈물이 난다. 흙, 그 유순함에서 인생철학을 배운다.

흙, 그 유순함에 대하여(2)

수년 동안 쌓아 온 인고忍苦의 흔적이리라. 물레를 돌리는 올곧은 모습이 기인여옥其人如玉의 품새다. 발끝에 가속이 붙을수록 흙과 혼연일치가 된다. 심혈心血을 뽑아 성전에 예불하듯 혼신의 기氣를 모은다.

바람에 시달리고 빗물에 패인 흙을 모아 청자를 빗고, 백자를 보듬는 눈빛이 따뜻하다. 고열을 앓으며 불멸의 밤을 수차례 지새웠을 것이다. 거친 흙을 보드랍게 으깨어 물과 차지게 반죽하여 예술혼을 불어넣는다. 흙고물에 시달려 갈라터진 손등이 고매하기 그지없다. 그렇게 해서 예술품이 탄생하였다.

앙금 앉은 흙덩이를 뭉쳐 물레 위에 올려놓고 오래도록 모질게 애무한다. 눈으로 보기에는 흙고물이 된 손이 예술품을 창조하는 것 같지만, 가만히 들여다보면 발끝이 톡톡하게 한 몫을 차지한다. 빙판에서 팽이를 돌리듯 쉴새없이 물레를 돌린다.

낯선 이방인을 쳐다보는 도공陶工의 눈길이 뚝배기를 닮았다.

오래도록 흙과 더불어 살아온 삶의 표정이 유순하기 그지없다. 차지게 흙 반죽을 이개는 그의 곁에 붙어 서서 눈곱만큼만 떼어 달라고 보채고 싶었다. 뼈에 박힌 그 일을 아무나 하는 줄 알고 무례하게 굴었다.

"선생님! 저도 물레를 한 번 돌려 볼 수 있을까요?"

장인匠人은 앉은 자리에서 두말없이 일어섰다. 하얗게 드러나는 치아는 백자요, 은은한 미소는 청자 빛을 닮았다. 흙과 함께한 영혼은 숨소리마저도 평화롭게 들린다. 흙을 주무르는 집념은 평생 고통의 연속이었을 것이다.

만만불가萬萬不可한 것도 모르고 어찌어찌 흙을 주물러 질그릇을 하나를 성기게 빗기는 했다. 꽃을 새기고 나비를 그려 넣었다. 이젠 굽을 차례였다. 가마 속에는 1200도의 장작불이 훨훨 타고 있었다. 도공이 빗은 예술품이 육신의 습기를 말리며 보물로 익어가고 있었다. 장인과 사랑을 나눈 흙이 값진 작품으로 태어나는 순간이었다. 흙은 고열에서 육신을 구워 비로소 도자기라는 이름을 달고 번듯한 인물로 태어났다.

물레를 돌리던 모습이 맨발이었던가. 전신에 내려앉은 혼백魂魄을 발견치 못하고 막사발에 막걸리를 마시면서 비로소 무릎을 쳤다. 그의 손길에 의해 빗어진 백자에서 조선인의 백의白衣를 만났고, 옥색 빛이 감도는 청자에서 고려인의 숨결을 느꼈다.

아주 먼 먼 옛날, 흙은 언제부터 도공의 손에 의해 예술품으로 빚어졌을까. 태고적 심산유곡 산자락 모퉁이를 돌고 돌아 조선의, 고려의 숨결로 되살아났다. 지구촌 그 어느 나라에서 우리 민족만큼 흙으로 예술품을 모양 나게 빚는 민족을 만났는가? 흙과 혈맥血脈의 관계를 이어가며 영혼의 불을 지피는 고결함을 보았던가!

그럼에도 불구하고 정작 그 흙을 밟고 살아가는 우리보다 외국인들이 더 우리 것을 더 사랑하는 그 이유는 무엇이란 말인가? 조상들의 무덤을 파헤치고 문화유산을 우습게 취급하는 그 얼빠진 정신에다 일인日人들이 꽂았던 쇠말뚝을 박아야 뼈저리게 후회할는지……

흙에도 등급이 매겨지는가. 팔자 좋은 건 청자, 혹은 백자로 태어나 국경을 초월한 사랑을 받는다. 나는 언제 타인에게 때 묻지 않은 순백의 백자로 거짓 없이 다가선 적이 있었던가. 사람들이 탄복하여 박수칠 만큼 푸른색이 오묘한 청자 빛 같은 자애로움을 베푼 때가 있었던가. 아서라! 팔불출도 못 되었으면 하다못해 편안한 막사발이라도 되어 보았던가.

이쯤의 나이에는 장독대에 올라앉아 철저하게 속을 비우며 채워가는 항아리가 되었으면 좋겠다. 고추장이 곰삭고, 된장이 익으면 내 안의 모든 것도 발효를 거치고 숙성이 되리라.

오래도록 객지생활에 시달린 이들은 어느 날, 도시의 아스팔트길을 걷다 보면 불현듯 고향의 흙길이 그리워질 때가 있을 것이다. 그들의 발길을 청국장 냄새로 유혹하고 싶다. 토담 아래 피어난 봉선화 꽃으로 손톱에 꽃물들이던 순이도 완행버스를 타고 오늘쯤 달려올지도 모른다.

흙, 그 유순함을 잊지 못해서······

흙에서 자란 마음

가난이 원죄였다. 가진 게 없었던 남자의 발목을 묶어버린 족
쇄나 다름없었다. 봄날부터 시작된 노동은 가을걷이와 동시에 끝
이 났다. 농부들이 곡식을 거두어 가버린 들녘은 이삭 줍는 철새
들만 모여들었다. 다음해 풍년을 기약하며 땅은 휴지기에 들어
갔다. 아무도 없는 그 들판에 나가 그는 다시 일을 시작한다.

"아부지! 어디 가는데예?"

아버지는 지게를 등에 메고 사릿문을 나섰다.

"죽으면 흙이 될 걸 뭐하러 아끼려고……."

그때부터 흙과 한몸이 되었다. 농한기에 든 농부들은 봉놋방에
모여 새끼를 꼬거나 술추렴을 했다. 본인 명의로 된 땅이 절실했
던 아버지는 땅을 일구며 자갈을 추려냈다. 땅따먹기 놀이를 해
서라도 그렇게 갈망하던 '내 땅'이란 걸 만들어 드리고 싶었다. 하
지만 재주가 매주인 나는 고무줄 뛰기에도 판판이 넘어졌다.

"내 아비는 종이었다. 밤이 깊어도 오지 않았다. 파뿌리같이 늙은 할머니와 대추 꽃이 한 주 서 있을 뿐이었다. 어매는 달을 두고 풋살구가 꼭 하나만 먹고 싶다 하였으나…… 흙으로 바람 벽한 호롱불 밑에 손톱이 까만 에미와 아들"

어느 시인의 「자화상」이란 시詩처럼 민초들의 삶은 비참했다. 가난한 생활은 한여름에도 추위타게 만들었다. 모시 적삼을 입고 다녔던 백부 앞에서 아버지는 늘 하인 같았다. 자기 존재는 없고 순종만 하던 아버지가 내 눈엔 등신처럼 보였다. 저렇게 굽실대느니 차라리 학질이라도 걸려버렸으면 좋겠다는 생각이 들었다.

천성이 부지런했던 아버지는 게으른 사람을 좋아하지 않았다. 그 바람에 우리 형제들은 아무개 자식이라고 하면 근동에까지 보증수표로 통했다. 한시도 몸을 놀리지 않았던 아버지는 자식들에게도 노동 분배를 달리했다. 그 어명에는 절대 불복종이 없었다. 두레밥상에 앉아 맘 편히 저녁을 먹으려면 맡은 책임을 완수해야만 했다.

아직 나이가 여물지 않았으니 내게 주어진 임무는 쇠꼴을 베어 나르는 일이었다. 학교에서 돌아오면 책가방을 던져 놓고 들녘부터 헤매고 다녔다. 우북이 돋아난 풀덤불을 만나면 앉은 자리에서 망태기를 가득 채웠다. 마당에 쌓인 풀 더미를 본 아버지가 환하게 웃었다. 그게 칭찬이라는 뜻이었다. 적당히 떼를 써도 좋을 것 같았다.

'이만하면……'

여전히 상급학교로의 진학은 허락하지 않았다. 올가미를 씌우던 가부장적 제도는 남녀가 유별하여 교육 여건도 불평등했다. 보릿고개도 높았지만 여자라는 이유만으로 겪었던 비운悲運이었다. 누군가 내 손에 『무정』과 『상록수』를 쥐여 주었다. 한낮이 기울도록 담장 아래 쪼그리고 앉아 표지가 닳도록 읽었다. 내 문학의 모티브는 흙에서 자란 마음에서 비롯되었다고 해도 과언이 아니다.

텃밭을 일구어 씨앗을 뿌린다. 흙을 치받고 올라온 새싹들을 보면 마음이 흙처럼 보드라워진다. 아버지도 아마 그랬던 것 같다. 열매가 맺히면 힘들던 노동도 깡그리 잊어버리게 만들었을 것이다. 그 재미로 흙에 묻혀 살았는지도 모른다.

지금에야 비로소 아버지보다 흙을 더 사랑하는 나이가 되었다. 어정잡이였던 백부보다 부지런하던 아버지가 흙의 진실을 알고 있었다는 것을…….

간절하게 원하는 것은 이루어진다고 하였던가? 올해는 옆지기의 배려로 못다 했던 학문의 꿈을 이룰 수 있었다. 사장死藏되어 가는 뇌세포로 인해 암기력이 빗물처럼 떨어져도 배운다는 게 즐거웠다. 하나를 익히면 두 개를 까먹어도 자고 나면 새로운 도파민이 생겨났다.

흙의 본성을 닮는다는 건 어려운 일이었다. 거친 것은 앙금을 가라앉히고 그곳에 새로운 씨앗을 뿌렸다. 노력 없는 대가는 그 어디에도 없었다.

"배우고 익히니 이 아니 기쁠쏘냐?"

평소 나의 지론持論은 가당찮게도 공자의 술이편에 나오는 말을 잘 인용한다. 배운다는 건 농부가 흙과 함께 씨앗을 가꾸는 것과 마찬가지였다. 하루가 다르게 익어가는 열매는 삶에 진정한 활력소를 주었다. 머잖아 오르막길 인생에서 하산하여 흙의 품속에 안길 것이다. 고로 이순耳順의 반란은 마음 밭의 흙을 조금 보드랍게 가꾸는 것이다.

한우韓牛의 일기

단기4342년 0월 0일 0시

콩깍지 넣고 무청 삶은 쇠죽은 근래에 보기 드문 특별 메뉴였다. 주인님 생신인가 궁금했는데, 기축년 바로 내가 주인공이란다. 저를 위시하여 애완견과 고양이까지 콩알 같은 사료를 먹는 요즈음에, 무신 콩깍지와 무청을 여물로 먹느냐구요? 나도 그게 신기합니다. 그것도 수입 잡초인지 알 수는 없지만, 어쨌든 배불리 먹고 오수를 즐깁니다. 작금에 내 신세야말로 처마 밑에 배 깔고 누운 견공팔자나 다름없다는 말입니다.

목에다 멍에 걸고 죽도록 써레질하던 나의 조상들은 참으로 불쌍한 삶을 살았지요, 저는 세월을 잘 만나 호강하고 삽니다. 농기계 사용이 보편화됨으로써 주인은 저의 엉덩이를 때리며 부리지 않습니다. 우릿간에 가둬두고 투실투실하게 살만 붙게 만듭니다. 한때는 나와 처지가 비슷했던 순이네 삽살개도 요즈음 살판났더라고요. 생선뼈다귀는 거들떠보지도 않고, 사료만 와삭와삭 씹어

먹어요. 나와는 급수가 달랐는데, 어쩌다 보니 동급이 되어버렸습니다. 따지고 보면 나보다 더 좋은 팔자지요. 사람들이 말도 못하게 에뻐합니다. 아기처럼 안고 다니고, 한이불 속에서 잠도 함께 잔답니다. 거기 비하면 저의 아픈 사연을 뉘인들 알겠습니까?

사람들 눈에도 편하게 보일지 몰라도, 기실은 그렇지 않습니다. 인공 사료로 제공되는 여물을 먹고 근수斤數를 많이 내야 하는 게 저의 임무입니다. 그 다음에는 주인을 기쁘게 해주려면 유전공학 법칙으로 수정체를 씨받아 이란성 쌍둥이까지 배출해야 귀여워합니다.

때로는 우직하고 충성스런 우리를 질질 끌고 다니며 탈진을 시켰습니다. 갈증에 허덕거리면 물을 잔뜩 먹인 후, 도살장으로 밀어 넣었습니다. 화가 치받아 뒷발로 당장 차 버리고 싶었지만 묶여있는 신세니 반항도 못 하고, 곱다시 주검이 되어 버립니다. 모진 고문을 당하고서도 사람들에게 뼈까지 보시하고 떠나는 게 우리 한우韓牛들 생명 아닙니까?

지금 우리나라는 경제도 어렵고 청춘들은 직장 구하기만 어렵다지요. 그런 소리 들으니 기분이 우울하여 마구간에 목 놓고 누웠습니다.

누군가 요란하게 대문을 흔드는 소리가 들립니다. 백정이 온 줄 알고 가슴이 덜컥 내려앉았습니다. 왕방울 같은 눈을 더 크게 뜨고 바라보니 글쎄, 내 등을 타고 쇠꼴 베러 다니던 주인집 큰아들이었어요. 중학교만 졸업하고 타관으로 기술 배우러 가던 날이 엊그제 같은데 어느덧 지천명의 나이가 되었답니다.

어려운 시절에 태어나 가난을 겪으며 성장한 그가 자그마한 집 한 칸을 마련했다는 소리를 들었을 때 덩달아 기뻤습니다. 그런데 오늘은 얼굴에 수심이 가득한 채 시골로 내려왔더라고요. 손에는 조기 한 두름을 들고 마루에 털썩 주저앉으며, 오륙도, 사오정, 삼팔선 운운하며 알 수 없는 말들만 늘어놓았습니다. 고개를 갸우뚱하는 모친에게 실업자의 태반이 이태백이라며 한숨을 푹 내쉬더라고요.

인생은 육십부터라는 말은 새빨간 거짓말 같았어요. 점차적으로 수명壽命이 늘어나는 고령화 추세가 심각하다지요? 고유高油가 시대에 조강지처糟糠之妻 없이는 살아도 승용차 없이는 못 산다지요? 그것도 집안 식구들 숫자대로 소유하고 있으니 도로가 넘쳐 난다고 합디다. 직장에선 아직은 한창 일할 수 있는 그들을 거리로 내몰았답니다. 아이들 학비 지출이 가장 많을 시기에 노후 대책마련도 못하고 쪽박을 찼으니 오죽 답답했겠어요. 그것도 변칙적으로 노동법이 개정되면서 오밤중에 장삼이사張三李四들이 밥줄을 잃었으니 큰일 아닙니까? 지하철역에 가면 노숙자들이 즐비하다는 소리에 가슴이 아팠습니다.

그래도 우리나라가 선진국 대열에 합류하여 OECD에 가입할 만큼 산업역군으로서 그들이 초석이 되어 주었는데 아! 오늘 아침 그들은 출근을 하지 못했답니다. 안방에 들면 시어미 말, 부엌에 가면 며느리 말도 일리야 있지만, 심사숙고한 여론 공청을 거친 후 합법적인 절차가 필요했으면 좋았을 것 같았습니다. 답답한 이 심정 마구간에서 지신이라도 밟으면 속이 다 시원할 듯합니다.

0월 0일

좁은 샛길로 승용차 한 대가 들어오네요. 화장으로 가꾼 얼굴 모습이 대번 도시물을 먹은 여자 같았어요. 안면이 있다 싶어 찬찬히 뜯어 보니 주인집 둘째딸이었어요. 그는 능력 있는 남편을 만나서 보란 듯이 사는 모양입니다. 옷차림새가 예사롭지 않았습니다.

자본주의 국가에서 제 것 가지고 제 마음대로 하는 거야 말할 게재가 아니지만, 그래도 없는 사람들을 좀 생각해서라도 티내지 않았으면 하는 생각이 들데요. 그녀가 대학에 들어갈 때는 이 한우韓牛가 낳은 송아지 한 마리를 팔아서 등록금을 충당했는데 아들을 보내려니 어미와 새끼가 한꺼번에 시장 거리로 나가도 부족하답니다.

물가가 오르기는 참 많이 오른 모양입니다. 주인어른 밥상에 푸성귀만 가득했습니다. 젊은 사람들이 다 떠난 농촌에서 나이든 노인들이 힘들게 농사일에 매달립니다. 예전처럼 나가서 도와

주고 싶지만, 이렇게 철제로 만든 우릿간에 가둬 놓았으니 꼼짝할 수가 없답니다. 솔가지 꺾어 군불 지피던 아! 그 옛날이 그립습니다. 이 한우韓牛의 일기 끝.

빛바랜 위문편지

여보게 K군!

세모歲暮야. 아쉽지만 어느덧 올해도 저물어 가고 있네. 새해가 되면 모두들 해맞이 채비로 부산하겠지? 선물꾸러미를 안고 종종 걸음으로 고향을 찾아가거나, 사랑하는 사람과 미래를 설계하는 분들도 있을 거야.

나의 이마에도 어느덧 상등병 계급이 새겨져 있다네. 계급장만큼 가치를 느낄 만한 인생을 살았는지, 또한 나머지 생을 어떻게 갈무리해야 할지, 가끔 고민에 빠지곤 한다네. 자네 역시 제대 후 앞날에 대해 깊이 생각할 때도 있겠지?

반복되는 일상이지만 설마에 속아 사는 게 인생살이라고 하지 않던? 지금 생활보다 조금 나은 환경을 바라는 마음이 어찌 나 혼자뿐이겠는가. 불안한 앞날에 패기와 의지마저 꺾여버린 청년들을 바라보면 한숨부터 나온다. 거리로 내몰린 실업자들 또한 언제쯤 환하게 웃을 수 있을까. 한시라도 빨리 직장을 구해 삶이 즐거웠으면 좋겠다.

힘겹게 직장생활을 하는 자식들을 바라보는 가난한 부모들은 스스로 죄인이 된다. 평생을 모아도 서울 하늘 아래 집 한 칸 마련하기가 버거워 세상이라니. 그런 생활을 견디지 못하고 쉽게 생을 포기해버리는 사람들의 소식을 접할 때마다 애잔한 마음이 든다. 처음부터 인생에 낙오자는 없다고 생각한다. 꿋꿋하게 살다보면 좋은 날이 오지 않을까.

우리나라가 선진국 대열에 합류했고, 물질의 풍요로움이 넘쳐나는 데 왜 하나같이 허기진 것만 같을까? 시간은 동아줄로 매여 둔다고 잡혀있는 게 아니잖아. 추운 계절이 지나고 나면 목련은 꽃망울을 터트리고, 산과 들에는 진달래와 들꽃이 속절없이 피어나겠지. 연말에는 구세군 자선냄비에 온도가 올라가 증오와 미움을 녹여주는 그런 사랑을 간절하게 바라고 싶다.

K군!

지금 전방에는 영하 몇십 도를 오르내리는 매서운 칼바람이 불겠지? 코끝에 고드름이 매달리지나 않는지. 두툼한 방한복이 아쉬움 없이 지급되는지. 찬바람이 불 때마다 부모들의 가슴 속에는 설한풍이 몰아친다네. 나라와 민족을 위해 든든한 버팀목이 되어 주는 자네 덕분에 절절 끓는 아랫목에서 편안하게 지낸다네. 군대도 예전 같지 않다니 한시름 놓이네. 신세대들의 취향에 맞게 치킨과 피자가 보급된다니 더할 나위 없이 반갑네.

내가 초등학교 다닐 때는 위문편지를 쓰는 시간이 꼭 있었다. 전교생이 얼굴도 모르는 사람에게 이렇게 썼다.

"국군아저씨 안녕하세요? 추운 날씨에 얼마나 고생이 많으십니까? 저희들은 국군아저씨 덕분에 잘 지내고 있습니다."

하나같이 천편일률적이었지만 동심은 참으로 아름답고 순수했다.

그때는 북한 공산군이란 말만 들어도 등골이 오싹했다. 무장공비들이 청와대를 급습하는 사태도 벌어졌고, 공산당이 싫다는 아이가 목숨을 잃기도 했다. 무시로 출몰한다는 무장공비들 소식에 간담이 다 서늘했다네.

나의 오라비, 자네에게는 큰외삼촌이겠네. 그때는 꼬박 3년을 복무했다. 생각해보게. 36개월이란 세월을 군에서 보냈으니, 당사자는 얼마나 끔찍했겠니? 종이가 귀하던 시절이라 가끔 노란 갱지를 보내 왔다. 어미는 거기다 동시를 쓰거나 산수 셈을 했었다. 나라의 부름에 예나 지금이나 불복종은 없다. 대한민국 남자라면 당연히 다녀와야만 하는 의무가 아니겠니.

지금 생각해 보면 그게 한미 연합작전이었던 같다. 산과 바다에 군인들이 줄지어 다녔다. 아이들이 미군의 뒤를 따라다니며 초콜릿이나 통조림을 얻어먹기도 했다. 참혹했던 전쟁의 비극을 경험한 국민들은 가난했고, 나라는 힘이 없었다.

엊그제 말이야. 한 해를 마무리할 즈음에 고관대작에 앉은 분이 획기적인 발언을 하더라. "우리 자식들이 인생에서 가장 아까운 시절에 군에 가서 썩는다고." 그 말을 듣고 흥분이 가라앉지 않더라. 인생에서 가장 중요한 시기를 한 토막을 잘라내어 국가와 민족을 위해 희생하는 청춘들이다. 물론 다른 나라의 원조 따위는 필요 없다는 뜻의 과장한 표현이었지만 좋게 들리지는 않았다. 추운 날씨에 고생하는 자네 걱정을 하던 참에 독극물을 마신 기분이었다.

어째서 내 아들들이 줄잡아 몇십 개월씩 누구를 위해서 썩고있고, 썩고 왔단 말인가? 소매를 걷어 올리고 따지고 싶었다. 세상 어느 부모가 자식을 강제로 군에 보내고 싶겠는가. 군복무를 면제받으려고 꼼수를 쓰는 고위층들보다 서민들 자식이야말로 애국자 아닌가.

한때는 말일세, 고졸 출신의 위정자를 향해 만인이 열광했다. 가난한 사람도 열심히 하면 꿈을 이룰 수 있다는 기대감에 부풀어서 신바람이 났다. 무엇이든 한갓 기술만 있으면 먹고 사는 데지장이 없다는 확신을 주었다. 설사 다음 정권을 연장하기 위한 연막작전일지언정, 복무기간을 단축시키겠다는 그 말은 너무 감동적이었다.

k군!

곧 혹한기 훈련이 시작된다고 했지? 군장만 해도 20kg이 넘는다지? 그걸 짊어지고 몇 십리 길을 도보 행진을 해야 한다니

걱정이 되네. 자신과의 혹독한 싸움은 상당한 인내를 요구할 것 같다. 한 사람의 낙오자도 생기지 않게 소대원을 돌보는 소대장이 되어라. 뒤처진 대원의 어깨를 다독여주며 격려를 해줘라. 청춘은 마음을 주는 의리가 있을 때 더욱 빛나는 걸세. 나라의 부흥과 미래가 청년들의 손에 달려 있잖니. 이 밤, 꿈길에서나마 푸른 제복을 입은 청년을 만나고 싶다.

넷이 모여 IQ 100

오래전에 의기투합된 모임이 있었다. 가령 산벚꽃이 봄을 부른다던가, 은행나무가 물이 들면 누가 먼저랄 것도 없이 서로 기별을 알렸다. 박물관에 근무했던 친구는 문화유적답사를 부추겼고, 전원주택에 살고 있는 벗은 '향수'로 우리를 불러모았다.

각본을 찍어 맞춘 듯 넷은 성씨마저 각성바지다. 서로 취향이 달랐지만 속궁합은 잘 맞았다. 시詩를 쓰는 이씨는 아름다운 목소리로 합창단 활동도 겸하고 있다. 재능이 다양하여 음악도 하고 문학도 한다. 언변이 뛰어났던 임씨는 역사에도 능통했지만, 만능 재주꾼으로 종종 많은 좌중을 배꼽 잡게 만들었다.

우리 사이에서 자칭 몬로로 통하는 건 박씨다. 그녀는 갤러리를 운영하며 예술의 전당에서 개인 전시회를 가진 경험도 있다. 매사에 자신만만한 친구다. 이제 마지막 김가를 거론하자니 머리가 조금 지근거린다. 뭐 하나 제대로 내세울 게 없는 이 아줌마는 천날 먹고 만날 노는 논다니다. 거기다 꼴같잖게 서푼어치도 안

되는 '글을 쓰네. 하며 방바닥에 배 깔고 엎드려 엑스레이만 줄곧 찍어댄다.

평생 직업은 갱신할 필요도, 유효기간도 없는 솥뚜껑 운전사 면허증을 소지하고 있다. "여자는 남편 잘 만나서 살림살이만 잘 하면" 만사 오케이라고. 우격다짐한 부모님 덕분에 취득하여 몇 십 년 동안 그 권세를 누리며 산다. 그걸 빌미로 위세를 떨치던 시절도 있었다. 빨래를 하얗게 씻어 말리고 남편과 아이들 뒷바라지에 하루 해가 짧았다. 그러나 세월이 변화무상하여 지금은 버튼만 누르면 밥솥이 알아서 밥을 대신해 준다. 모든 게 자동화되어버렸으니 손으로 오물조물 나물 무치고 누룽지 만들던 솥뚜껑 운전사의 좋은 시절은 끝이 났다.

끓이고 데우기만 하면 배불리 먹을 수 있는 일회용 식단이 그 자리를 차지하고 앉았다. 결국 김가는 있어도 그만, 없으면 조금 아쉬운 비참하고 한심한 존재로 전락하고 말았다. 요 모양으로 살게 된 건 순전히 숫기 없던 아버지 탓이었다. 우리 가문이 무슨 사대부 집안이라고 울안에 가두어두고 세상 물정 모르게 키웠을까. 더울 때는 응달, 추울 때는 양달을 찾아다니며 빈둥거리게 해 주었으니, 은인인지 원흉인지, 기제忌祭날 음복주 한 잔 마시고 술주정이라도 한 번 부려볼까 싶다.

"살구꽃이 처음 피면 한 번 모이고, 복숭아꽃이 처음 피면 한 번 모이고, 한여름 참외가 익으면 한 번 모이고, 서늘한 초가을 서지西池에 연꽃이 구경할만하면 한 번 모이고, 겨울이 되어 큰 눈 내리는 날 한 번 모이고, 세모에 화분의 매화가 꽃을 피우면 한 번 모이기로 한다."라는 초당 선생의 죽란시사첩竹欄詩社帖을 흉내 내던 시절이 있었다.

"살구꽃이 피면 한 번 모이고," 복숭아꽃이 피면 두 번 모이고, 참외가 익으면 건너뛰고, 연꽃이 피면 꼭 만나고, 눈 내리는 겨울 밤 페치카에 군고무가 구워 놓고 도란도란 이야기 나누고, 세모 에는 연하장으로 서로의 건강을 염려해주며 아름다운 노년을 보 내기로 약속했다.

허나, 지금은…… 한 사람은 평양이 가까운 고향 서울로 이사 를 하였고, 또 다른 친구는 수술을 계기로 열심히 복음을 전파하 며 지낸다. 오늘 따라 실향민 2세였던 그녀들의 북청 사자놀음과 평양 사투리가 몹시 그립다.

이렇게 뿔뿔이 헤어지기 전에 술자리라도 한 번 가져보지 못한 게 못내 아쉽다. 만약 함께 했더라면 소주 두 잔 정도는 거뜬히 비웠을 게 성악을 하던 이씨였을 것이다. 왜냐하면 그는 공공연 하게 오래전에 술을 끓었다고 말했으니까.

역마살 마법에 걸린 임씨와 몬로인 박은 못 먹는지, 안 먹는지 전혀 예측불허다. 어쩌다 기분이 좋으면 두 사람 모두 세 잔 정도는 무난할 것 같은데, 밀밭에만 가도 취한다고 너스레를 떤다. 모르긴 해도 기독교 신자인 임씨와 이씨는 하나님께 혼쭐이 날까봐 당연히 금주를 하는 것 같다.

사랑하는 사람을 만나면 두주불사斗酒不辭도 마다하지 않을 것 같은 게 박씨일 것 같은데 내숭을 떠는지 오리무중이다. 허허실실로 빈둥대는 김은 맥주 몇 잔이면 "어매, 어매 우리 어매 뭣 할라고 날 낳았던가!"를 부르며 신세 한탄에 빠질 것이다. 미완에 그친 그 일을 희수喜壽까지 기다리면 세월이 너무 길 것 같다.

넷이 모여 아이큐 100을 자처했던 건 양보하며 살자는 뜻으로 의견을 모았다. 남들이 2%로 부족하다고 업신여기는 사람들은 악이 없다. 남이 나에게 아무리 해코지를 하여도 그저 싱긋 웃어버린다. 얼마나 순수한가? 나를 낮추면 타인과 싸울 일도 없다. 어수룩한 사람은 진실을 감추지 않는다. 영악하지 않으니 잔머리를 굴릴 줄 모르고 남을 이용하지도 않는다.

현대인은 너무 높은 지능지수를 가지고 있다. 조금 둔하면 어때? 양심을 속이지 않으면 남에게 부끄러울 게 없지 않은가? 나는 모든 사람들이 다 유능하고 똑똑하길 바란다. 남보다 조금 높은 지능 지수를 가졌다고 인생을 두 몫 사는 것이 아니다. 아둔한 머리를 가졌다고 인격이 없는 게 아니다. 머리가 좋은 인재는 연구와 개발에 정열을 쏟아야 한다. 자신을 군계일학群鷄一鶴이라고 뽐내지 말고, 타인을 오합지졸烏合之卒이라고 얕보면 안 된다. 겸

손의 미덕은 평화로움이다. 더불어 사는 세상이 참, 아름답지 않
은가?

어느 노학생의 일상

각고한 채 좌불 하고 앉았다. 가난했던 유년이 밥상에 올라앉아 약을 올린다. 어르신! 목전에 환갑이 닿았습니다. 하루가 다르게 쇠퇴해가는 뇌세포를 살릴 수 있는 무슨 용빼는 재주라도 있는지? 10분이 멀다하고 변죽을 끓이는 갱년기 증상은 그렇다손 쳐도, 노안은 아무래도 치유불가인 것 같습니다. 아무리 배움은 평생을 두고 한다지만 북데기 같은 백발을 이고 앉아 무슨 청승입니까? 가로 늦게 그 나이에 남의 이목도 있는 데……

'이거, 왜 이래. 비단 보료 깔고 누운 정승보다 두 발로 걸어 다니는 비렁뱅이가 좋다는 말도 있다. 비록 육체가 노후하여 관절이 약간 으드득거릴 뿐 아직은 끄떡없다. 어쩌다 유년시절의 환경이 불우하야 배움의 기회를 놓쳤지만, 큰댁에 머슴 같았던 애비 원망은 결코 하지 않으련다. 꿈은 반드시 이루어지고, 그 실현이 다소 늦었다는 것뿐이다.'

이순耳順의 반란은 그렇게 시작되었다. 쟁기질로 심전心田을 갈아옆고 지신을 밝는다. "소설의 인칭 시점이란" 늘 헷갈리는 관문이다. 돋보기너머로 어른대는 글씨체가 사기私記마저 꺾는다.

풀잎사귀 갈증나게 만들던 땡볕에 가차 없이 모기가 달라붙어 인내를 시험한다. 미물도 목숨이라! 먹고 살려는 일에 악착스럽다. 살생보다 보시가 좋겠지만, 한 주먹거리도 안 되는 녀석에게 적선은 순간이다. 눈에 보이지도 않는 걸 무기라고 꿰차고 어지간히 간실거린다. 독침으로 찌르고 독극물까지 침투시켰다. 피부가 빨갛게 부풀어 오른다. 침을 발라가며 긁어도 영 시원치 않다.

지금이 어느 때인가! 처서處暑 지나면 고것들 입도 닫힌다고 하더라만 빈말이다. 기척 없이 날아와 물어뜯는 데는 당할 재간이 없다. 수컷에 비해 암컷은 여간 독종이 아니다. 배란을 주체하지 못해 죽기 살기로 달려든다. 세상에나! 무슨 놈의 종족 번식을 흡혈한 뒤 알을 낳을까. 파먹으려면 근육질이 단단한 청장년들을 겨냥할 것이지, 솜털같이 여린 손자 얼굴에도 침 자국이 영역하다. 내 기어이 너를…….

어느 날 절간에 삯처럼 들락거리는 나를 주지승이 불러 세웠다.

"보살님! 차나 한잔하고 가시지요?"라며 요채에 들기를 권했다. 들킨 게 머쓱하여 억지 춘향 격으로 다탁을 마주하고 앉았다.

"얼굴이 익습니다."

"저가요?"

대화는 끊어지고 찻물은 식어갔다.

"종종 들리십시오."

"……예"

흔하게 촬영할 수 없다며 사진 한 장을 건넸다. 두 손 모아 합장으로 답례를 대신했다. 사진과 함께 안겨 준 풍란은 해거리를 해가며 칠월 무더위에도 꽃을 활짝 피웠다. 코끝에 풍기는 그윽한 향은 이미 가고 없는 이의 흔적을 떠올리게 만들었다.

받아온 액자를 동쪽 벽면에다 걸었다. 신라 천년의 찬란한 문화유산이 빛나고 있다. 근엄한 표정의 석굴암 불상 아래 고개 숙이며 업장소멸業障消滅을 기원한다. '선禪의 행함은 내 마음속에 있는 것이거늘…….' 심중을 꿰뚫는 가르침에 주눅들고 만다.

등쌀에 못 이겨 줄행랑을 쳤던 모기가 포르릉 날아가 부처님 면전에 찰싹 달라붙는다. 예끼! 고얀 놈! 거기가 어느 안전이라고 버릇없이 올라서느냐? 그분은 본시 여하한 일에도 변함이 없다. 싫어도 내색 없이 천금 같은 미소만 머금고 계신다. 입술을 굳게 다물고 실눈을 내리뜨고 있어도 천리를 내다보는 혜안慧眼을 가졌다. 어서 당장 내려오지 못할까!

손바람을 날리며 오두방정을 떨었다.

아니! 부처님은 약도 오르지 않습니까? 버릇없이 아무 곳에나

침을 갖다 꽂고 뱃구레를 채우려는데 미소로 일관하며 묵묵부답입니까? 내 여태껏 얼치기 불자로 사찰을 들락거려도 신성한 불상을 깔아뭉개는 미물은 본 일이 없습니다.

이 중생아! 촐랑대지 마라. 그것도 목숨이니라. 훔쳐간들 몇 섬이더냐? 빨아먹은들 몇 말이더냐? 남을 위해 헌혈도 하느니 바늘귀만한 고 주둥이로 먹는다 한들 얼마나 먹는다고 못 죽여 안달이냐? 적선한다고 여겨라. 생명을 헌신짝처럼 짓밟는 범죄는 사람들이 더 많이 저지르더라.

'아니, 부처님은 세상 물정을 몰라도 한참을 모르십니다. 고 녀석의 무기는 추잡스럽고 불량스럽기 짝이 없습니다. 짐승들을 파먹던 침으로 노약자와 어린 생명까지 위협합니다. 어쩌자고 간접 살인을 일삼는 그를 여전히 편애하고 나섭니까?'

그럼, 이참에 나도 한마디만 하겠느니라.

지난해, 들으면 알만한 사찰에서 내 모습을 찍어 달력을 만들었다. 공양주 노릇도 불사하던 보살님 손에 들려 크리스마스 캐럴이 퍼지던 시내 구경을 하였다. 거리는 구세군 냄비의 요령 소리가 요란하고 사람들의 발길이 분주하더라.

찰나의 순간은 가슴을 아프게 만들었다. 혼자서는 도저히 방문 턱을 넘지도 못할 장애인이 길거리를 걸레질하고 다니는 모습을 보았다. 그나마 내 눈을 반쯤 뜨고 있었으니 망정이지, 차마 온 눈 뜨고는 못 볼 광경이었다.

주체하지 못할 만큼 재산을 축적하여 각종 비리에 연류되어 세상을 어지럽히는 부류들이 흔하게도 많더라만, 고개마저 가누지 못하여 발길에 얼굴이 채이던 그를 누가 길거리에 부려 놓고 갔는지…… 그 삶이 너무 애달프고 비참하여 하늘을 향해 '세상 참 고르지 않다'고 한숨지었다.

네가 어쭙잖은 글을 쓰거든 뾰족한 펜촉 끝으로 누군가의 가슴을 따뜻하게 만드는 글을 써다오. 그걸 읽은 사람들이 배꼽을 움켜잡고 웃을 만큼 해학적이거나, 눈물을 찔끔할 만큼 감동을 주어라. 그래서 네가 한없이 주눅 들게 만든다는 나의 미소를 세상에 바이러스처럼 전염시킬 의향은 없느냐?

그때쯤이면 둘러치고 메쳐도 뜯어지지 않는 육신에 매달린 탐욕의 곳간이 조금은 비워지지 않을까? 늘어나는 식탐으로 소화불량을 앓지도 않을뿐더러, 짊어지고 갈 것도 아닌 재물에 대한 욕심도 사라질 것이다.

뿌리들의 행진

　연녹색의 나뭇잎이 수채화 물감처럼 산야를 뒤덮고 있다. 목련 꽃이 함박웃음을 터뜨린다. 비발디의 첫 번째 곡인 봄의 향연을 노래한 계절이 돌아왔다. 조부祖父로부터 뻗어 내린 뿌리들이 모처럼 의기투합하여 나가는 여행이었다. 모두 처음 나가는 해외나들이에 기분은 들떴지만 초행길이라 낯설고 두려운 표정들이 역력했다. 하늘에 뜬 비행기를 올려다만 보았지, 실지 탑승하게 될 줄은 꿈에도 몰랐다.

　"내 생전에 이런 날도 다 있네."

　"그러게요. 살다 보니 좋은 때도 있다. 그죠?"

　보딩게이트boarding gate를 통과하며 맏이와 막내가 나누는 대화는 그랬다. 서로의 얼굴에는 두려움 반 기대 반이었다. 상기된 얼굴에는 곧 펼쳐질 미지의 시계에 대한 호기심으로 가득 차 있었다.

　핏줄의 원조는 원래 한 나무였다. 세월이 흐를수록 나무는 창

창울울簉簉簪簪 뻗어 나갔다. 아버지가 서로 다른 가지들은 저마다 새로운 둥지를 틀고 열매를 맺었다. 사촌과 육촌이란 팻말을 들고 벌초 때는 다함께 조상의 은덕을 기린다.

세월이 흐르고 숲이 우거질수록 알게 모르게 가지치기로 곁가지들이 잘려 나갔다. 해거리하듯 뿌리의 근원이 삭아지고, 그 후손들은 낯이 설었고, 흩어져 살다 데면데면해지면 의좋았던 형제들이 하나둘 멀어졌다.

그 인연의 끈을 놓지 않으려고 비용을 마련하여 여행길에 올랐다. 생전 처음 발급받은 여권이 그 뿌리들의 행진에 길라잡이가 되어 주었다. 다소 들뜬 기분을 감추며 줄지어 통과 의례를 기다렸다.

유럽, 혹은 인도로. 저마다 티켓을 든 여행객들로 공항은 넘쳐났다. 사람들 속에서 부대끼면 서 있던 그 순간 아이들 얼굴이 떠올랐다. 내 나라말보다 영어를 더 유창하게 하는 그 아이들이 한없이 부러웠다.

부모라면 누구나 자식을 잘 키우고 싶은 마음은 본능적이다. 세월이 흐르면 자식들은 여행을 떠나듯 부모의 곁을 떠나간다. 지금은 가난하여 엄두가 나지 않지만 언젠가 기회가 닿으면 더 넓은 곳으로 보내고 싶었다. 거기서 한민족의 뿌리임을 자랑스럽게 생각하고 살았으면 좋겠다.

스스로 자위하는 동안 비행기는 고도를 높이고 있었다. 지상에서의 비상은 내 육체와 정신이 분리되는 것 같은 불안감에 휩싸였다. 3천 피트 이상을 날아오르는 기내에서의 두려움이 게이트 통과 때는 미처 생각지 못했던 현상이 나타났다.

공중에서 내려다본 크고 작은 다도해의 섬들이 일상의 탈출을 축하하고 있었다. 하얗게 피어오르는 구름 사이를 헤집고 비상하는 여객기는 한 마리 붕새였다. 굴레 벗은 쾌감이 비행기가 차고 오를 때마다 부레처럼 둥둥 따라 올랐다.

땅에서 아주 높이 날아오를수록 기분은 서서히 자위의 최면을 걸어갔다. 한껏 오그라들었던 기분은 몽환적이었다. 정신과 육체는 쌍곡선이 엇갈리는 별리였다. 허공에 뜬 채로 허기가 밀려왔다. 그 많은 사람에게 지급되는 식사를 어떻게 해결할까. 엄청난 무게를 감내하며 처음 공중에다 비행기를 띄운 발명가의 위력에 경의를 표하지 않을 수 없었다.

포만감이 밀려들 무렵, 비행기는 우리와 이념이 다른 '중국'이란 거대한 나라에 착륙을 서두르고 있었다. 조금씩 아주 낮게 내려앉는 사회주의 국가의 땅이었다. 광활하게 펼쳐지는 대지는 우리와 불과 한 시간 남짓의 거리에 있었다. 아득한 과거에는 그토록 멀게만 느껴졌던 나라였다. 기내 방송이 나오고 붉은 국기가 휘날리는 공항에 우리 일행을 내려놓았다.

미리 대기하고 있던 현지 가이드의 안내를 받으며 상해로 내달았다. 교육과 문화의 도시이며 활발한 무역업이 성행되는 곳이었다. 날씨는 구름 한 점 없이 화창했다. 건물들은 예술을 모티브로 설계된 건축물이 많았다. 에둘러 보아도 모양이 같은 건 별반 보이지 않았다. 저마다 독특한 디자인으로 신축된 건물은 독특한 개성을 나타냈다. 차창을 스쳐가는 낯선 거리의 풍경은 민주주의가 갇혔다는 게 실감나지 않았다.

감탄사를 연발할 때 24인 버스는 골목을 돌고 있었다. 탄성을 무색케 만들었던 후미진 뒷골목에 허접스런 빨랫감이 나풀거렸다, 그건 그렇다손 쳐도 폼나게 신축한 건물은 결코 지나칠 수가 없었다. 천편일률적으로 쌓아 올리는 우리의 건축 문화도 새롭게 가꾸는 것도 그리 나쁠 건 없을 것 같았다.

조선족 3세라고 밝힌 가이드가 올라왔다. 살갑게 인사를 나누더니 언젠가 할머니의 고향인 전라도에 꼭 한 번 가보고 싶단다. 그곳에서 칼칼하기로 소문난 남도 음식을 배워서 식당을 여는 게 꿈이라고 말한다. 조선의 피가 흐르는 뿌리에 대한 애틋한 정을 볼 수 있었다.

가이드의 설명에 귀를 기울이다 보니 어느덧 상해 임시 정부 청사에 들어섰다. 나라를 위한 충정으로 만주 벌판을 달렸던 선구자인 김구 선생의 흔적이 보관되어 있었다. 조국도 아닌 중국 정부에서 대한민국 역사를 높이 평가하며 보존해주고 있다는 사실이 더할 나위 없이 반가웠다. 뒤이어 발걸음은 홍구 공원으로 옮겨갔다, 작가 노신의 이름을 따 노신 공원으로 불리는 매정에 올랐다.

그곳에는 일본의 침략에 저항하며 도시락 폭탄 테러를 감행한 윤봉길 의사의 업적을 기리고 있었다. 우리의 5천 년 역사 속에 잠들어 있는 열사들이야말로 영원불멸한 한민족의 정신적 지주임이 틀림없었다. 우리는 가슴에 쇠말뚝 하나를 꽂고 그분들의 영령 앞에 고개 숙여 묵념을 올렸다.

미장원

— 과거 —

고욤나무는 뒷간 지붕을 뒤덮고 있었다. 몸통에 비해 열매는 손톱만한 걸 팝콘처럼 매달고 있었다. 고것도 과일이랍시고 가을이면 노랗게 익었다. 한 움큼씩 털어 넣어도 먹을 건 없고 씨앗뿐이었다. 시큼한 냄새만 풍기던 독에 여섯 남매가 숟가락을 꽂고 살았다.

큰딸이 살림밑천이라던 언니는 나를 데리고 가 그 나무 밑에 앉혔다. 놀이에 한참 재미를 붙일 무렵이면 꼭 호출을 했다. 분풀이삼아 단발머리가 지겹다고 심통을 부리면 "카트를 쳐줄게"라는 말로 꼬드겼다.

언니는 무쇠 가위를 들고 와 목에다 보자기를 둘렀다. 새가슴이 콩닥콩닥 뛰었다. 왼손잡이인 언니의 손놀림에 따라 나는 정반대의 포즈를 취해야만 했다. 왼쪽으로 가위를 돌리면 나는 오

4부
189

른쪽으로 방향을 전환했다. 번갈아 가며 서로 엇박자로 놀아야 했으니 여간 헷갈리는 게 아니었다. 아무리 가위질을 노련하게 한다고 한들 사인이 맞지 않으면 귓밥이 중상을 당하기 십상이었다.

대부분 집에서 머리를 깎던 시절이었다. 먹는 것도 시원찮았는데 머리카락은 여름날 잡초처럼 자랐다. 여자아이들은 주로 단발이었고, 남자들은 바리캉으로 민둥산처럼 싹 밀었다. 뺑뺑이 돌린 기계는 소독을 하지 않아 기계충이 생겼다. 동전크기만한 땜통 자국은 두고두고 놀림감이 되었다.

처음으로 파마를 했던 게 서른쯤이었다. 첫 애를 낳고 나니 단발머리가 영 어울리지 않았다. 북데기 같은 곱슬머리가 바람이라도 불라치면 한 광주리가 되었다. 미장원에 다녀온 경희 엄마의 파마머리가 참 예쁘게 보였다.

아이를 재워 놓고 미장원으로 달려갔다. 고약한 냄새를 풍기는 파마약이 배어들자 머리 밑이 써늘했다. 비닐을 뒤집어쓰고 한동안 여성잡지를 뒤졌다. 책장을 넘길 때마다 멋있는 여자들이 등장했다. 전문가의 손길이 스치기만 해도 헤어스타일은 물론 외모까지 달리 보였다. 필이 꽂혔다. 중화제를 덧칠하고 파마가 나오기까지 기다린다는 게 예삿일이 아니었다. 그 지루하고 따분한 과정이 족히 두세 시간은 걸렸다.

이웃들의 부러움을 기대하며 대문 안으로 들어섰다. 발끝에 벼

락이 떨어졌다. 얼굴에 황달 든 남편이 아이를 등에 업고 진땀을
빼고 있었다.

"애를 혼자 재워 두고 무슨 짓을 하고 온 거야!"

눈물범벅이 된 아이가 가슴에 와락 안겼다. 파마머리가 낯설게
보였던지, 수유를 하는 제 어미의 얼굴을 빤히 올려다보았다.

— 현재 —

자고로 세월이기는 장사壯士는 없다고 했다. 유전을 운운하며
오징어 먹물 같았던 머릿결도 예순까지만 유효했다. 정수리부터
흰 띠를 두르면 확장 영역을 넓혀가더니 이젠 아예 억새풀마냥
나풀댄다. 새치라며 족집게로 뽑아낼 적이 엊그제 같건만, 한 달
도 채 넘기지 못하고 염색을 해야 한다. 나무가 단풍드니 저도 뿌
리라고 덩달아 탈모까지 생겼다.

"그러지 말고 미장원에 가세요."

딸은 손재주 없는 제 어미를 잘 알고 있었다. 혼자 두면 염색
을 한답시고 온통 먹물을 뒤집어쓸 게 불을 보듯 뻔해 보였는가
보다.

늘어나는 흰머리를 뒷갈망 못해 단골 미장원을 한 곳 정해두
었다. 슬리퍼를 끌고 가도 흉잡히지 않을 후미진 골목 끝에 있

었다. 간판이 촌부를 닮은 듯 후덕해서 좋았다. 나이를 거꾸로 먹는 것도 아니니 미상불 자책할 이유는 없지만, 연배가 아래인 사람이 백묵 같은 머리를 이고 있음에야 피차 서로 무안해진다. 머리카락이 새까만 늙은이가 젊은이에게 경어를 쓸 수는 없는 노릇 아닌가? 얼핏 보아도 머리카락이 흰 사람은 그렇지 않는 이에 비해 솔직히 늙어 보이기는 했다.

세월이 흐르면 몸만 늙는 게 아니라, 머리카락마저도 수명이 있는 듯하다. 휘어진 허리와 어깨동무해 가며 모피가 얇아지고 가늘어져 간다. 탈모에 좋다는 약이 천지사방에 널려 있으니 누구 말을 들어야 될지. 고가의 샴푸를 사용하고 몇 년째 약을 복용해도 백사약이 무 약이랴!

나는 이제 한 일흔쯤 되면 염색을 하지 않을 작정이다. 바바리 코트를 입고 억새밭에 서 있으면 어느 것이 억새인지, 사람 머리인지 구별하지 못하게 곱게 늙어가는 노인이 되고 싶다.